PICOU
FILS DE SON PÈRE

ÉDOUARD OLLIVRO

PICOU
FILS DE SON PÈRE

roman

Nouvelle édition
préfacée par Jean-Charles Perazzi

COOP BREIZH

1er édition Plon 1954
2e édition Plon 1972
3e édition Coop Breizh 1998
4e édition 2003

Cette 4e édition de poche reprend la typographie de l'édition de 1972 avec l'aimable autorisation des éditions Plon.

ISBN 2-84346-146-4

ÉDOUARD

PÈRE DE PICOU

Allez savoir pourquoi, Tomé nous a toujours fascinés. C'est vers l'île, du haut de la falaise, que se tournaient invariablement nos regards pour un instant de réflexion avant le choix d'un autre terme, la reconstruction d'une phrase calligraphiée à l'encre bleue. Une belle écriture ronde, droite et large.

À 15 ou 16 ans, en dépit des efforts, les mots pour le dire n'arrivent pas aisément. C'est toujours lui, Édouard, qui mettait un terme à l'exercice en reprenant son stylo.

Ensuite je bénéficiais du concours patient et utile du maître pour traduire Virgile ou Cicéron. Enfin venait la pause. On s'accordait le temps de philosopher sur tout et sur rien.

Le lendemain ou le surlendemain, le texte manuscrit se trouvait dans les mains d'un linotypiste pour une nouvelle suite à « Picou », dans les pages de l'« Écho de Lannion ».

C'est le dimanche que la chorale prenait des allures de cercle littéraire pour se livrer à une critique en règle et sans concession. Pourtant la conclusion était toujours la même : « Édouard, cette semaine tu as été bon. Si, si ». Il protestait un peu, pour la forme et promettait d'être meilleur la prochaine fois.

Pour rien au monde, nous n'aurions manqué ce rendez-vous hebdomadaire décidé, à tour de rôle et dans un louable souci de maintien et d'équilibre de la concurrence commerciale, dans l'un des trois bistrots du bourg. Chez Augustine, Amédée ou les filles Gouriou.

C'était un grand moment d'amitié. Il se situait juste après l'« Ite missa est » poussé comme un cri de soulagement. Il faut dire que, chaque dimanche, la chorale faisait fort, dans tous les sens du terme. Il est vrai qu'elle était régulièrement invitée à « mettre le paquet » par Alex, son chef.

Édouard, Iffig, Francis, Bernard et les autres avaient décidé une fois pour toutes que ce titre lui revenait de droit, compte tenu de la puissance de sa voix et de sa forte corpulence. Laquelle lui avait aussi valu le surnom de « Monseigneur ».

Et comme en Trégor on n'a besoin de personne pour se donner des fleurs, nous jugions, nous aussi, que nous avions été excellents. Au point de nous accorder parfois un second muscadet. En particulier le 19 mai, jour où il fallait honorer le saint local. Et que d'une quinzaine de poitrines jaillissaient « des couplets d'une haute valeur littéraire » (chapitre « On n'est plus des bleus ») : « Nann, n'eus ket e Breizh, nann, n'eus ket unan, nann, n'eus ket ur sant, evel sant Erwan ». En résumé : saint Yves est inégalable.

C'est vrai, ça, n'en déplaise aux gars d'une paroisse voisine (Plougrescant) qui lui préféraient saint Gonéry et le chantaient avec une égale conviction : nul ne peut contester que saint Yves est bien le meilleur en Bretagne. D'ailleurs, une dizaine d'années durant, il fut à la tête de la paroisse de Louannec. Même le dernier laïcard de la commune n'aurait pas accepté que cela fût contesté. Tout en affirmant son attachement à Ernest Renan et son œuvre. Renan dont la maison de vacances et du même coup celle des Psichari (prononciation locale : les « Zigari ») se trouvait justement à une portée de fronde de la maison de Truzugal, dans le bas du bourg, où le père de Picou avait passé son enfance.

Un beau jour d'été, Édouard décida que pareils efforts méritaient récompense. « Les 4 barbus » étaient alors au sommet de leur gloire. L'un d'entre eux, Georges Thibaut avait des attaches dans le village. Voilà pourquoi, un après-midi, avant leur passage au casino de Perros, nous eûmes droit dans la salle d'Augustine, à « La pince à linge », « Monsieur Béranger », « A l'enseigne de la fille sans cœur », « La cane de Jeanne » et quelques autres tubes du célèbre quatuor. Et par la même occasion, il faut le dire, à une leçon de chant. La première.

Quelques années plus tard, Édouard devait me réserver une surprise qui marque l'existence d'un jeune. « Il y a un chanteur breton qui va faire parler de lui ». Ce soir-là, dans un cabaret au fond du port de Ploumanac'h, Émile Le Scanff chanta pour quatre ou cinq auditeurs qui avaient eu la bonne idée de se déplacer. Glenmor, c'était son nom de scène, avec sa puissante voix de barde et son opulente crinière, nous fascina. Nous passâmes ensuite une partie de la nuit à refaire ensemble la Bretagne.

Certaines soirées, elles, beaucoup moins attrayantes et aussi interminables, se passèrent dans des salles bretonnes où le maître jugeait bon d'entraîner l'élève. Et au cours desquelles des futurs « décideurs » bretons jetaient les bases de la JEB (Jeunesse étudiante bretonne), ou définissaient la stratégie à adopter par le CELIB (Comité d'étude et de liaison des intérêts bretons) ou le MOB (Mouvement pour l'organisation de la Bretagne).

Les activités profanes de fin de semaine, dans notre bourg rural, ne variaient guère. C'était le foot ou les boules. Par temps de pluie, il nous arrivait aussi de nous livrer à d'interminables et éprouvantes parties de ping-foot. Édouard savait accepter la défaite ; battu, Alex, mauvais perdant, s'en prenait régulièrement à tous les saints de la terre. Saint Yves excepté, bien sûr. Et ses colères monumentales, feintes ou non, avaient le don de nous mettre en joie.

Le père de Picou avait été un temps le très véloce ailier gauche de Louannec-Sport. À une époque où une prairie débarrassée de son foin tenait lieu de terrain. Avec la même patience et le même talent pédagogique qu'il mettait à traduire une version latine, Édouard nous enseignait l'art de tirer des corners ou des coups de pied arrêtés. « Il faut donner de l'effet à la balle, comme ça ». Exactement le même conseil qu'il prodiguait en lançant la boule plombée chère aux Trégorrois. Après avoir pris soin de coincer au bord de la lèvre l'éternelle cigarette roulée.

Le club de foot n'avait pas son hymne pour se donner du cœur au ventre avant les rencontres au sommet. Grave lacune que le père de Picou se fit un devoir de combler. Sur un rythme cher aux mariachis du Michoacan, les populations des Côtes-du-Nord ont donc entendu certains dimanches des footballeurs, en route vers de nouveaux succès, entonner sans retenue et sans trop se soucier de la note initiale : « Oh ! Madame, quelle est cette équipe qui passe et qui chante si fort ? Ah ! Monsieur, ces gars sympathiques, sont les gars de Louannec-Sport ». Encore des couplets dont la qualité littéraire sera unanimement reconnue.

Un jour, Édouard s'en revint de Paris avec une information qui lui valu un triple hourra. Il venait de remporter le prix de la nouvelle proposé par un quotidien national. Le président du jury était Daniel Rops qui lui avait déclaré tout de go : « M. Ollivro, vous êtes un véritable écrivain ». Nous ignorions alors parfaitement l'existence de l'auteur de « Mort où est ta victoire ? » Néanmoins nous décrétâmes d'une seule voix que cet homme était un vrai connaisseur. Et qu'il lui suffisait d'en manifester le désir pour être intégré sur le champ à la chorale.

On s'empressa de fêter l'événement (le prix) chez Amédée.

La parution de la première édition de « Picou », chez Plon, fut aussi l'occasion de joyeuses retrouvailles. D'autant que la critique fut tout de suite élogieuse. La Bretagne avait son Poil de carotte, son David Copperfield. L'un de nous fit remarquer que, pour le style et l'humour, les critiques auraient aussi pu évoquer le célèbre « Trois hommes dans un bateau » de Jérome K. Jérome. D'autant que l'oncle Podger, gaffeur et mégalo, nous semblait être le jumeau de Pa Penhoat.

Il se trouva quand même une plume parisienne pour parler de la première œuvre assez sympathique d'un « écrivain régionaliste ». Nous décidâmes que l'accès de la commune de Louannec serait interdit, à vie, à ce plumitif.

Finalement c'est la remarque pertinente d'un gendarme, un 14 juillet, quelque part du côté de Guipavas qui nous sembla être la plus judicieuse. Édouard avait quitté un peu trop rapidement la plage de Trégastel pour s'en aller donner une conférence sur Anatole Le Braz dans un grand hôtel brestois. « Vos papiers ! ». « Désolé. Je suis en short. Ils sont restés chez moi, dans une poche de mon pantalon ». Alors le pandore, s'adressant directement à l'épouse du conférencier : « C'est un drôle, votre mari ! ». Ce distrait incorrigible en a fait beaucoup d'autres. Ainsi, dans une rue de Guingamp, la parente d'un élève du lycée tomba-t-elle un jour des nues en entendant le professeur Ollivro lui dire tout le bien qu'il pensait de son fils. Et lui prédire un bel avenir s'il continuait de travailler avec la même ardeur.

La mère en question n'était pas celle qu'il pensait, mais celle du cancre de la classe. Oh ! Pa Penhoat !

Le succès de l'ouvrage valu à Édouard l'ouverture des colonnes du « Monde », pour des billets et la publication de nouvelles dans « Marie Claire », « Lectures pour tous », « Le journal du Parlement »... Quelqu'un, dans la capitale, jugea qu'il était opportun de « bretonniser » son prénom. Il nous annonça la décision en pleine récréation dominicale de la chorale : « Désormais vous voudrez bien m'appeler Darig ». Elle fut diversement commentée. Et la majorité opta pour la non-ratification de ce choix. L'avis d'Alex avait été déterminant : « Ce n'est pas à Paris de prendre une pareille décision ». Par contre nous admîmes quelques années plus tard que c'était bien à lui de décider de la suite à donner à sa carrière. On sait qu'elle bifurqua vers la politique. Élu « sans étiquette », il lui en fallait une pour ne pas s'asseoir trop inconfortablement sur les bancs de l'Assemblée nationale. Il adressa alors un courrier à quelques-uns d'entre nous pour solliciter un avis. Le mien ne fut pas suivi. Notre vieille et solide amitié n'en souffrit aucunement. Pourtant je persiste et signe : Édouard Ollivro était « un écrivain égaré dans la politique ». Le roman « Grand bal à Cadolan » et une moisson de nouvelles constituaient la promesse d'une œuvre littéraire beaucoup plus riche et importante. Il nous reste « Picou », petit chef-d'œuvre d'humour qui n'a pas pris une ride. Ou si peu ! Une nouvelle génération va apprendre que les habitants de Tréguier sont des casse-pieds et ceux de Louannec des pète-sec. Merci, Édouard, quarante-six ans après, de nous retransmettre ces nouvelles réjouissantes. Pour le cœur et pour l'esprit.

Jean-Charles Perazzi

DEPART POUR BIRIBI

UNE animation de champ de foire régnait aux abords du collège. Parmi les groupes endimanchés, les abbés allaient et venaient, saluaient, s'affairaient. Brusquement, sur le coup de cinq heures, la pétarade précipitée d'un moteur se fit entendre et une vieille Renault, au coffre arrière énorme se rangea près de la grille. En sortirent tout d'abord un homme d'une quarantaine d'années, petit, râblé, vif, portant déjà bedaine ; puis une femme imposante et grave, qui paraissait trente-cinq ans ; enfin un jeune gaillard tondu de près, habillé de neuf et les taches de rousseur en bataille. L'homme était Pa Penhoat ; la femme était son épouse ; quant au jeune gaillard, c'était tout simplement son fils Yves, dit Picou.

Un abbé, qui tenait à la main un trousseau de clés, s'approcha de Pa Penhoat, le tutoya, lui serra longuement la main, tapota la joue de Picou.

— C'est lui ? fit-il.

— C'est lui, dit Pa. C'est le phénomène.

— C'est moi, dit Picou.

— Il mesure combien ? interrogea l'abbé.

— Un mètre trente, fit Picou en bombant le torse.

L'abbé sourit d'un air qui voulait dire : « En voilà encore un qui ne ne me fait pas peur ! » Quand il eut disparu, Pa se pencha à l'oreille de son fils.

— Tu l'as vu ? dit-il.

— Oui.

— Tu l'as bien regardé ?

— Oui, dit Picou en se retournant pour regarder de nouveau.

— Eh bien, c'est mon ami, le préfet de discipline, celui qui distribue les punitions... Ici, tu n'as pas intérêt à faire le voltigeur !

Et, lorgnant son fils, il poussa un petit rire satisfait, tandis que Picou, à la fois craintif et curieux, tournait la tête une fois encore.

Ils prirent la direction du dortoir et se heurtèrent à trois jeunes gaillards qui déambulaient comme des marins en goguette et sifflaient *la Madelon*. Au passage ils bousculèrent Picou et l'un d'eux l'interpella :

— Non mais le bleu ! On ne peut pas se remuer un peu ? On se croit un député !

C'était ni plus ni moins qu'une provocation. Pa posa les valises qu'il portait. Picou posa les ustensiles qu'il tenait à la main, le traditionnel pot à eau et le non moins traditionnel pot de chambre. Pa grinça des dents. Picou grinça des dents. Pa retroussa les manches. Picou retroussa les manches. Et le spectacle était si terrifiant que les trois gaillards se sentirent pris d'une envie irrésistible de battre le record olympique du cent mètres plat et disparurent du couloir comme des bolides. Pa reprit ses valises, Picou reprit ses récipients, et, suivis de Man qui portait un édredon, ils continuèrent leur chemin...

Il semblait à Picou pénétrer dans un monde beaucoup trop grand pour lui. Les corridors étaient longs, interminables ; le dortoir contenait quatre-vingts lits ; l'étude était trois fois grande comme une classe d'école communale ; sur les étagères du réfectoire s'élevaient des piles d'assiettes d'une hauteur vertigineuse. Il ne trouvait rien de tout ce qu'il avait, jusqu'ici, connu et aimé. Toutes sortes de pensées maussades commençaient à l'envahir. A la sortie du réfectoire, ils rencontrèrent un civil majestueux, luisant, rond comme une barrique. Picou ouvrit des yeux ahuris et s'apprêta de nouveau à retrousser les manches. Mais le civil en question passa sans les voir.

— Celui-là, qui est-ce ? demanda-t-il à son père.

— Ça, c'est le cuistot, dit Pa.

Et Picou devant un cuistot d'une pareille envergure se sentit encore plus petit et plus désemparé...

Ils en avaient terminé avec le pèlerinage rituel des rentrées scolaires et l'instant était venu de se quitter.

— Mon fils, dit Pa, contenant avec peine son émotion, j'espère que tu es venu ici dans l'intention de faire honneur à ton père !

— Oui, dit Picou, en reniflant.

— Il est temps que tu commences à prendre la vie au sérieux !

— Oui, dit Picou.

— Souviens-toi que tes parents se tuent au travail pour te permettre de faire des études !

— Oui, dit Picou, toujours reniflant.

— Autre chose : essaie dès aujourd'hui de te faire un ami. Les premiers temps sont moins pénibles lorsqu'on a un ami. Tu as bien compris ?

— Oui, dit Picou, en reniflant de plus belle.

— Alors, au revoir.

— Je vais vous conduire jusqu'à l'automobile, proposa Picou.

— Inutile, répondit Pa, qui commençait à renifler lui aussi. Il nous faut payer ton trimestre à l'économe avant de partir... Cependant, si le cœur t'en dit, attends-nous auprès de la voiture. Nous y serons dans un quart d'heure...

Un quart d'heure plus tard, Picou n'était pas auprès de la voiture.

***

Longtemps Pa et Man restèrent silencieux. Le crépuscule tombait. Les ténèbres s'entassaient mollement dans les fourrés qui bordaient la route. De distance en distance, des oiseaux attardés chantaient.

— Une année trop tôt, bougonna soudain Pa Penhoat.

— Que dis-tu ?

— Je dis : une année trop tôt. Tu as mis mon fils en pension une année trop tôt. Tout à l'heure, je me suis rendu dans la cour pour le voir une dernière fois ! Je ne l'ai pas vu ! Je suis sûr qu'il pleurait, seul, dans un coin.

— Mais c'est toi qui l'as voulu, protesta Man.

— Possible, admit Pa. Mais n'empêche que tu as mis mon fils en pension une année trop tôt... Tiens, pour un peu, je retournerais le chercher !

Man ne répondit pas. Elle appartenait à cette catégorie de femmes qui savent s'arrêter au seuil des impasses et résister à la vaine tentation de convaincre leur mari. Bien entendu, Pa en profitait pour raconter ce qui lui passait par la tête.

Il jeta un regard de biais en direction de sa femme qui ne broncha pas.

— Moi, je ne suis pas resté longtemps en sixième, continua-t-il. Deux jours ! Quarante-huit heures ! C'est que j'étais rapide ! Comme on n'en fait plus ! Et puis, je trouvais le collège si grand, si triste ! Au soir du deuxième jour, voilà que j'arrive à la maison : « Tu n'as pas été renvoyé au moins ? hurle mon père. — Non, fis-je avec dignité. Je me suis renvoyé moi-même. Je ne me plais pas. Il y a des gens qui ne sont pas faits pour la vie de pension... »

Il marqua un temps d'arrêt.

— Et alors ? questionna Man.

— Alors ?

Il remua la tête, soupira :

— Les chefs de famille, à cette époque, manquaient totalement de compréhension... En outre, mon père mesurait un mètre quatre-vingt-treize et pesait cent vingt kilos. Il me fit passer l'envie de m'évader du collège, pour toujours.

Il soupira de nouveau et s'enferma dans un mutisme complet, chose rare chez lui, car ses périodes de silence ne dépassaient pas une minute, deux au maximum. Ses pensées vagabondaient vers le collège de plus en plus lointain. L'image de Picou sanglotant, peut-être, seul dans son coin, l'obsédait.

Il déposa Man face à la maison d'habitation, et, lentement mena la voiture au garage. Il s'apprêtait à en verrouiller la porte, quand, soudain un bruit insolite venant de l'arrière du véhicule, le fit sursauter. Intrigué, il tendit l'oreille. Le bruit insolite, pareil à un grattement persistait. Sur la pointe des pieds, retenant son souffle, Pa contourna la voiture : il atteignit l'arrière à l'instant précis où se soulevait le lourd couvercle du coffre et où apparaissaient deux yeux fouineurs et un nez en trompette mitraillé de taches de rousseur.

Pa en eut les jambes coupées, blêmit, verdit, et faillit s'écrouler d'émotion :

— Une année trop tôt, hasarda Picou avec un sourire engageant.

— Toi, gémit Pa ! Toi, ici, à cette heure !

— Une année trop tôt, risqua Picou une seconde fois.

— Malheureux, éclata Pa, qui reprenait ses sens.

— Une année trop tôt, articula encore Picou, de moins en moins souriant et de plus en plus timide.

— Misérable ! hurla Pa, entièrement revenu à lui-même. Petit gangster !

Il lança les premières notes d'un ricanement formidable, puis, brusquement, s'arrêta terrifié :

— Tu n'a pas déjà été renvoyé, au moins ?

— Non, dit Picou, larmoyant. Je me suis échappé ! Je ne me plais pas. Je ne me plairai jamais...

— Reste là, commanda Pa en se précipitant vers la porte du garage. Je vais chercher la famille. Ça vaut le déplacement... Je te défends de sortir de ce coffre. Si tu fais un mouvement, un seul...

Il partit comme l'éclair, puis revint au galop.

— Ton frère, fit-il à l'adresse de Nat, neuf ans, en désignant Picou d'un doigt terrible. Ton fils, reprit-il à l'adresse de Man ahurie, en brandissant le bras tout entier vers Picou. Il est encore plus rapide que moi. Il a battu mon record !

Là-dessus, il fonça sur son héritier qui s'était mis à braire, l'agrippa par le col de la chemise, le souleva dans les airs, et, accompagnant son geste d'un shoot de demi-volée, le fit atterrir au fond de la voiture.

— Au collège, tonna-t-il. Et ça ne va pas traîner !

— Je t'accompagne, dit Man.

— Inutile ! Je connais le chemin.

— Je t'accompagne, insista Man qui redoutait avec juste raison les effets dévastateurs du cyclone.

La voiture démarra comme la foudre et fonça vent arrière en direction de la ville. La nuit était complètement tombée. Picou, écroulé sur la banquette arrière, gémissait lamentablement et se livrait à de fielleuses méditations sur la compréhension des pères de famille modernes. Mais il sentait bien que ce n'était pas l'heure de montrer ses sentiments. Et il se taisait. Et il gémissait.

— A Biribi, gronda Pa menaçant. C'est à Biribi que je te conduis ! Tu entends : à Biribi !

Il se retourna d'une seule pièce, le poing tendu. La voiture fit un zig-zag dangereux.

— Calme-toi ! dit Man. Attention ! Justement, voilà un cycliste ! Mets en code !

Pa lança un juron, se perdit dans ses manettes, réduisit ses phares alors que le cycliste était déjà passé, frisant d'une feuille de papier à cigarette les joies de la béatitude éternelle.

— Sois prudent, supplia Man ! Sois prudent !

— Mais prends le volant, jeta Pa en levant les bras au ciel ! Qu'est-ce que tu attends ? Conduis toi-même !...

Cette fois la voiture frôla le talus de si près que Man poussa un cri de terreur et que Pa, subitement apaisé, retrouva tout son calme.

— Tu as failli provoquer la mort de tes parents, dit-il simplement à son fils.

Ils approchaient du collège. L'église de Brélévenez, tout là-haut, sur sa butte escarpée, profila dans la nuit son vieux clocher et la forme étrange de ses piliers.

— Ce qu'il y a de sûr, reprit Pa avec un accent de mauvais augure, c'est que mon ami le préfet aura de tes nouvelles. Je vais tout lui conter par le détail et lui confier le soin de veiller sur toi avec une particulière attention. Il en a maté d'autres, tu sais !

Les élèves étaient au réfectoire et le préfet, prévenu par un garçon de service, accourut. Picou, de toute son âme, souhaitait que le ciel lui tombât sur la tête.

— Ce gredin, commença Pa, ce bandit, ce garnement, enfin, je veux dire... cet enfant est d'une telle sensibilité qu'il a voulu, une fois encore, la dernière, revoir la maison !

Et tandis que Picou faisait ses adieux à sa mère, Pa prit le préfet à l'écart :

— Ayez l'œil, fit-il en désignant Picou. Veillez sur lui... Cet après-midi, trois grands l'ont menacé. Trois grandes brutes !... Sa mère aurait trop de chagrin s'il lui arrivait quelque chose !...

*
**

Le dortoir était plongé dans le silence. Sur les lits rapprochés, la lumière bleue de la veilleuse tombait, pareille au brouillard des soirs d'automne. Le n° 32 ronflait, la bouche ouverte. Le n° 34 semblait endormi lui aussi. Picou — n° 33 — ne dormait pas. Le sommeil se refusait à venir. Perdu dans l'immense dortoir, dont les coins étaient envahis par une obscurité presque totale, Picou contemplait la veilleuse et poussait, de temps en temps, des soupirs longs et tristes. Il rêvait. Les jours du passé se dessinaient clairement. Jamais, il n'avait connu une telle angoisse ni une si grande solitude. Longtemps, il résista ; puis, tout à coup, sans bruit, il se mit à pleurer. Et comme pleurer le soulageait, il pleura des larmes abondantes, s'essuyant les yeux avec le bout de son oreiller qui avait une senteur fade et affectueuse de vieille armoire.

Soudain, il entendit le 34 qui reniflait à coups rapides et oppressés. Picou se sécha les yeux, puis fortement, toussa. Le n° 34 émergea des profondeurs de son lit. Il avait une grosse tête, des joues rondes et pleines, et ses yeux étaient rougis par les larmes.

— Tu pleures, demanda Picou dans un souffle.

— Non, fit le 34.

— Moi non plus, dit Picou.

Il y eut un bref silence.

— Tu es un nouveau ? interrogea Picou.

— Oui.

— Moi aussi... Tu ne connais personne ici ?

— Non, dit le 34.

— Moi non plus, dit Picou.

Le silence se fit de nouveau, austère, chargé d'ombre.

— Moi, je m'appelle Penhoat, reprit Picou, toujours dans un murmure, Yves Penhoat. Mais, mon vrai nom, c'est Picou.

— Un surnom, alors ?

— Si tu veux. Depuis toujours, on m'appelle Picou.

— Moi, je m'appelle Floch, dit le 34, en souriant dans la pénombre bleutée.

Une toux sèche éclata et se répercuta dans le dortoir d'une manière sinistre. Picou et Floch sursautèrent...

— Moi je suis de Louannec, dit Picou.

— Moi je suis de Tréguier, dit Floch.

— Louannec a battu Tréguier quatre à deux, triompha Picou.

— Oui ; mais Tréguier avait des remplaçants, riposta Floch.

Ils se regardèrent le temps de quelques secondes.

— Et ainsi, tu es seul ici ? questionna Picou.

— Tout seul.

— Eh bien ! si tu veux nous serons amis.

— Oh ! oui, dit le 34.

Picou gonfla la poitrine et confia d'un air important :

— Les premiers temps sont moins pénibles lorsqu'on a un ami.

— Ça, c'est vrai, convint le 34.

— C'est mon père qui me l'a dit, ajouta Picou. C'est quelqu'un, mon père, tu sais.

— Le mien aussi, dit le 34...

Et là-dessus, le 34 cessa tout à fait de renifler ; et Picou, après s'être essuyé les yeux une dernière fois avec le bout de son oreiller, s'endormit.

LE CAID DE SIXIEME

Monsieur et Madame Floch.
Négociants. Tréguier. (Côtes-du-Nord).

« Je vous écris pour vous dire que je suis en bonne santé espérant qu'il en est de même pour vous et pour toute la famille. Je vous dis aussi que j'ai un ami. Les premiers temps sont moins pénibles quand on a un ami. Il s'appelle Picou. Il a des cheveux noirs et des taches de rousseur. Il est de Louannec. Il est petit et pèse sept kilos de moins que moi. Je me plais quand il est avec moi et je partage avec lui mon saucisson et mon camembert.

« Le vendredi, on mange de la semoule. Il y a un grand qui n'en mange pas et j'ai mangé sa part. Il a une photo de fille dans son portefeuille. Mais ici ce n'est pas comme à Tréguier. On n'appelle pas les filles des filles, on les appelle des pépés.

« Le deuxième jour, je me suis perdu au réfectoire. Je ne trouvais pas ma placc. Tout lc mondc riait, mais moi je pleurais à cause de mon chocolat. A part ça, le moral est bon.

« Je n'oublie pas de mettre ma ceinture de flanelle et mon caleçon. Je pense à vous tous les soirs avant de m'endormir.

« Recevez, chers parents, mes plus gros baisers.
« Votre fils pour la vie.

« Yves FLOCH. »

Monsieur et Madame Penhoat.
Cultivateurs. Louannec. (Côtes-du-Nord).

« Je viens vous dire que ça va bien. J'ai cinq professeurs et douze cahiers. J'ai commencé le latin. Le premier mot qu'on a appris, c'est Rosa. Ça veut dire la rose. Jusqu'ici, j'aime bien le latin. Le surveillant, il est petit et met un dictionnaire sur sa chaise pour dominer l'étude. Moi, je suis tout à fait dans le fond et je suis bien pour travailler. Le professeur d'histoire, il roule les r mais ça ne fait rien.

« J'ai un ami qui s'appelle Floch. Son père vend du charbon à Tréguier. Il a une traction-avant noire. C'est un gros. Il ronfle et son caleçon dépasse.

« Sur ma table, au réfectoire, il y a cinq grands. Je ne pensais pas qu'ils étaient si grands. L'un d'eux a de la moustache. S'il me bat, je lui donnerai des coups de pied par en dessous la table.

« J'ai besoin :

« 1° Un stylo, rouge de préférence et qui prenne de l'encre.

« 2° Un peigne car on a volé le mien.

« 3° Un coussin pour m'asseoir dessus.

« Le jeudi on vend des caramels. C'est ce jour-là qu'il faut venir me voir. Bons baisers à tous. Le bonjour à François Meuric mais pas à son frère.

« PICOU. »

« *P.S.* — Je vous quitte parce que ce n'est pas le travail qui manque. »

C'était un touchant spectacle que celui de Picou et de Floch affrontant les premiers obstacles de leur vie nouvelle. Quelque peu inquiets au seuil de ce mystérieux collège plein de secrets, ils éprouvaient le besoin de s'appuyer l'un sur l'autre, et ils ne se quittaient guère de toute la journée. A la chapelle, ils étaient l'un près de l'autre, Picou en tête, Floch lui emboîtant le pas. A l'étude, ils étaient l'un près de l'autre. Au dortoir, ils étaient l'un près de l'autre. Ils n'étaient séparés qu'au réfectoire ; mais de temps en temps, au cours des repas, leurs regards se croisaient, se souriaient, et l'un et l'autre s'en trouvaient tout réconfortés.

Comme de rigueur en si belle amitié, les disputes ne tardèrent pas à éclater.

— A Tréguier, il y a une cathédrale, commençait Floch, qui, comme tous ses compatriotes, était farouchement fier de sa ville natale.

— A Louannec, il y a la mer, ripostait Picou, chauvin en diable.

— A Tréguier, il y a deux rivières, rétorquait Floch.

— A Louannec, il y a deux phares, répliquait Picou.

— A Tréguier, il y a des tribunes dans le parc des sports, lançait Floch.

— A Louannec aussi, disait Picou préférant le mensonge à la défaite.

— A Tréguier, il y a un port.

— A Louannec, il y a une île.

— A Tréguier, il y a des vitraux neufs.

— A Louannec aussi.

— A Tréguier, il y a des gendarmes.

— A Louannec, il y a des tracteurs.

— A Tréguier, il y a des pompiers...

A Louannec, il n'y avait pas de pompiers et, devant une infériorité si humiliante, Picou, le souffle coupé, restait sans réponse...

Heureusement, ce n'était là qu'orages passagers,

une manière comme une autre de se mieux connaître. En somme, un lien supplémentaire.

Il y en avait d'autres. Car les élèves de sixième ne sont jamais dans l'embarras lorsqu'ils veulent se prouver leur amitié. C'est ainsi qu'entre Picou et Floch se multipliaient des échanges importants qui leur donnaient, en quelque manière, propriété l'un sur l'autre.

— Si tu me donnes dix billes rouges, je te donnerai trois billes jaunes, plus une en verre.

— Moi, si tu me donnes ton mastic, je te donnerai la moitié de ma ficelle.

— Si tu me prêtes ton plumier, je te prêterai mon couteau.

— Moi, si tu me donnes un cahier à couverture bleue, je te donnerai un cahier à couverture verte.

— Si tu me donnes la photo de *Cerdan,* moi je te donnerai des pierres à briquet, un taille-crayon, un protège-cahier et des punaises...

Floch possédait dans ses archives une photo de Cerdan, une magnifique photo sur papier glacé qui rendait Picou malade d'envie. Mais Floch y tenait comme à une relique. Ce fut le seul marché qu'il refusa à Picou. Et il conserva précieusement la photo dans le fond de sa case...

Autre lien d'une solidité à toute épreuve : ils se lisaient mutuellement les lettres arrivant de la maison. Et c'était là l'occasion de comparer les mérites respectifs des chefs de famille.

— Mon père à moi a une Citroën.

— Le mien a une Renault.

— Les freins sont meilleurs sur les Citroën.

— Oui, mais les moteurs sont meilleurs sur les Renault.

— Mon père fait du 100 à l'heure.

— Le mien fait du 110.

— Mon père à moi fume quinze cigarettes par jour.

— Le mien en fume dix-huit.

— Mon père à moi était sergent pendant la guerre.

— Le mien était... sergent-chef.

Enfin, timidement d'abord, puis avec une belle assurance, ils se mirent à copier leurs devoirs l'un sur l'autre ; et ils « étaient si bien pour travailler » dans le fond de l'étude, qu'ils s'installèrent d'emblée dans le peloton des derniers de la classe, à quelques dixièmes de points de la lanterne rouge.

Tout allait donc pour le mieux et le collège, insensiblement, perdait son air hostile, quand brusquement un drame éclata qui allait faire de Picou la vedette de sa classe et, en même temps, marquer son amitié avec Floch d'un sceau indélébile. Parmi les élèves de sixième, se trouvait un certain Bodilis, grand escogriffe aux paupières rouges dont le crâne, pointu comme une betterave, se hérissait de quelques mèches de cheveux blonds, couleur filasse. Bodilis avait deux grands pieds, deux grosses mains, deux gros biceps et estimait qu'à ses côtés ses camarades de sixième n'étaient tous que des microbes. Son jeu favori consistait à courir de gauche à droite, au hasard, en brandissant un revolver imaginaire, dont il menaçait ses camarades aux cris de : « Ta. Taou-Ta. Ta. Taou-Ta. Taou. » Picou n'aimait pas Bodilis. Floch, lui, puisque Picou ne l'aimait pas, le détestait cordialement.

Or, voilà qu'un jour, en fin de récréation, Bodilis se posta tout près de Floch et se mit à rire à gorge déployée. Picou jouait au ballon à l'autre bout de la cour et Floch, isolé, représentait un gibier facile.

— Ta. Taou-Ta. Taou ! fit Bodilis, en dansant comme un Peau-Rouge.

Puis s'approchant, tout près.

— Tu en as un chouette de caleçon ?

Le caleçon de Floch, on le sait déjà, dépassait. Il dépassait de trois ou quatre centimètres, formant un large liséré blanc au bas de sa culotte courte. Mais il n'y a pas dans les collèges de règlement qui interdise aux caleçons de dépasser et cette question, en tout cas, ne regardait en aucune manière le dénommé Bodilis.

— Il est chouette, ton caleçon ! reprit ce dernier avec un petit sifflement.

Il devenait évident que le dénommé Bodilis cherchait la bagarre. Floch sentit son cœur défaillir et ses jambes flageoler.

— Laisse-moi tranquille, fit-il larmoyant.

— Ta. Ta. Taou ! reprit Bodilis en l'empoignant par le collet et en louchant d'une manière barbare.

— Je le dirai à ma mère, reprit Floch éperdu.

Et là-dessus, il se couvrit le visage des deux mains et se mit à trembler de tous ses membres, attendant la minute fatale où le poing de Bodilis viendrait s'écraser sur son dos. Fort opportunément, juste à cet instant dramatique, l'heure de l'étude sonna et Bodilis lâcha sa proie. Cependant, sa frayeur avait été si vive que Floch eut besoin de quinze minutes pour retrouver l'usage de la parole.

— Dis, Picou, j'ai été attaqué par un sauvage...

— Je parie que c'est Bodilis.

— C'est lui.

Et Floch, à voix basse, donna tous les détails, ajoutant du reste, pour terminer :

— Heureusement, j'ai réussi à me dompter ! Sinon, quelle pâtée je lui passais !...

C'était là un événement d'une gravité exceptionnelle. Provoquer son ami, c'était provoquer Picou lui-même et il importait en cas de récidive, de châtier, comme il convenait, le sinistre Bodilis. En conséquence, à la récréation qui suivit, Picou délaissa sa partie de ballon pour faire la ronde autour de Floch, et il attendit.

Il n'attendit pas longtemps. Cinq minutes ne s'étaient pas écoulées que Bodilis apparaissait aux cris de : « Ta. Ta-Taou ; Ta. Taou. » Et, sans plus attendre, accrochait Floch par le veston.

— Il est chouette, ton caleçon, grinça-t-il.

Le sang de Picou ne fit qu'un tour. Tandis que Floch, agrippé au collet, dodelinait lamentablement de la tête, il fonça en avant.

— Bas les pattes, ordonna-t-il sèchement. C'est mon ami !

Bodilis le regarda sans comprendre.

— Bas les pattes, répéta Picou, terrible. Est-ce qu'on est en liberté, oui ou non ? Est-ce qu'on a le droit de porter des calecifs, oui ou non ?

Bodilis lâcha Floch et toisa Picou. Il dominait son adversaire de la tête et des épaules et mesurait son anatomie avec, au coin des lèvres, un petit sourire railleur.

— Ta. Taou. Ta. Ta. Taou ! fit-il soudain ; puis goguenard :

— Microbe ! Demi-portion !

Devant d'aussi graves injures, on pouvait parier à coup sûr tous les caramels de la planète, que Picou ne resterait pas sans réaction.

— Répète, dit Picou en serrant les poings.

— Microbe ! Demi-por...

Ici, la cour des petits où se déroule le premier match de boxe de l'année scolaire. Aux prises, Picou, un mètre trente, trente-deux kilos, et Bodilis, un mètre quarante, quarante-trois kilos... crochet du droit, du gauche...

Ce fut un combat sensationnel. Au départ, la lutte paraissait inégale. Picou atteignait tout juste le menton de Bodilis et encore à condition de se hausser sur la pointe des pieds. Pourtant, grâce à une agilité diabolique, il eut l'avantage dès les premiers échanges. Il est vrai que Floch, posté à dix mètres, lui apportait une aide morale précieuse.

— Vas-y, Picou ! N'aie pas peur !

Et, enthousiasmé par la production de son ami, il courait d'un groupe à l'autre.

— C'est Picou, expliquait-il ! C'est mon copain !

Et tous criaient :

— Vas-y ! Vas-y Picou !

Un beau vacarme ! Une ambiance d'arène. Picou, il le sentait bien, vivait l'un des moments les plus émouvants de sa vie. De toutes parts, les élèves accouraient à grande vitesse pour profiter du spectacle. Et aux applaudissements de la foule, Picou martelait sans relâche...

Brusquement, il se fit un silence de mort. Picou venait de chanceler. Bodilis, qui avait une allonge nettement supérieure, l'avait cueilli d'un large direct au menton. Picou recula, glissa, posa un genou à terre, tandis que Floch, emporté par le désir de porter aide à son ami en détresse, prenait une fuite éperdue en hurlant :

— Au secours ! Au secours !

Heureusement, la défaillance de Picou ne dura que quelques secondes. Il se redressa, reprit le combat, et Bodilis recommençait de reculer, quand, tout à coup, le surveillant fit irruption :

— Arrêtez ! ordonna-t-il. Arrêtez !

— C'est lui ! Monsieur, dit Bodilis en désignant Picou.

— C'est lui ! s'exclama la foule en désignant Bodilis.

— Au piquet ! Tous les deux ! commanda le surveillant...

Et les deux boxeurs prirent la direction du préau. Mais leur attitude révélaient des états d'âme bien différents. Bodilis baissait la tête ; Picou, triomphant, bombait le torse et fixait son rival d'un regard dur comme de l'acier. Une immense considération rejaillissait sur lui, qui s'était permis de donner une correction à un gaillard beaucoup plus grand et plus fort. Un murmure flatteur s'éleva sur son passage lorsqu'il se fraya un chemin à travers les groupes pressés de spectateurs. La sixième avait choisi son champion...

A la fin de la récréation, les rangs se formèrent pour l'entrée en étude. Floch, encore pâle d'émotion, se tenait derrière Picou.

— Pas trop de dégâts ? questionna-t-il.

— Non, dit Picou en s'essuyant négligemment le veston du revers de la main. Ça peut aller !

Alors, devant un si beau courage, Floch, lui aussi, se sentit devenir héroïque. Il se tourna vers Bodilis, et, à distance, menaçant, brandit les deux poings.

— La prochaine fois que tu touches à Picou, ce poing-ci pour le cimetière et celui-là pour l'hôpital...

Quand ils furent à l'étude, côte à côte, Floch, après avoir hésité un long instant, fouilla dans sa case.

— Tiens, dit-il enfin, en s'adressant à Picou. Prends ! Tu es mon ami !

Picou sourit, d'un large sourire chargé de reconnaissance :

— Merci, fit-il.

Et, prenant quatre punaises, il afficha dans sa case la photo de Cerdan.

ALERTE AU BROUILLARD

Le surveillant de sixième qui avait mis fin à la bagarre entre Picou et Bodilis ne payait pas de mine. Il était petit, malingre et flasque d'épaules. Il avait en outre l'oreille un peu dure et pour comble de malheur, il était myope, terriblement myope, à tel point qu'en dépit de lunettes puissantes, il distinguait mal les élèves placés au fond de l'étude et pas du tout ceux que cachait la pénombre du dortoir.

Le surveillant savait que les élèves ne respectent que la force, et pour asseoir son autorité sur de solides fondements, il avait mis au point une savante technique d'intimidation. A dire vrai, il avait toujours l'air d'un acteur en représentation : son attitude, ses gestes, ses paroles, ses silences même, tout en lui était minutieusement calculé pour en imposer aux soixante élèves dont il avait la garde.

A l'étude, il posait deux coussins sur sa chaise afin de mieux dominer son troupeau et recouvrait son bureau de livres énormes aux titres impressionnants : *Théologia dogmatica, Sermons et méditations, Philosophia scholastica,* etc., étalage de science qui ne manquait pas d'impressionner vivement le petit peuple de sixième.

Tous les quarts d'heure il tendait l'oreille, relevait

ses lunettes sur son front et d'une voix mesurée et solennelle lançait :

— Je viens d'entendre un bruit de voix.

Les élèves se regardaient silencieux, inquiets.

— Je répète : je viens d'entendre un bruit de voix ; n'oubliez pas, messieurs, qu'ici, seul, j'ai le droit de prendre la parole et de dire : je suis le maître.

D'autres fois il foudroyait les tables du fond d'un regard belliqueux :

— Vous, là-bas, à l'horizon, vous verrez sans tarder de quel bois je me chauffe !

C'est à peine s'il distinguait le fond de la salle. Mais comme l'horizon d'une étude dissimule toujours un élève qui parle, qui vient de parler ou qui s'apprête à le faire, une semblable menace portait à tous coups.

Lors des récréations un groupe nombreux, et admiratif l'entourait et il pérorait en s'accompagnant de grands gestes avantageux. Il parlait fréquemment de son service militaire qu'il avait, disait-il, accompli dans l'aviation. Il promenait alors sur son auditoire un regard ironique et demandait :

— En est-il parmi vous qui ait parfois pénétré dans une caserne ?

Aucun des élèves de sixième n'avait pénétré dans une caserne. L'ironie du surveillant se transformait en mépris.

— En est-il parmi vous qui ait parfois piloté des avions de l'armée ?

Aucun des élèves de sixième n'avait piloté un avion de l'armée. Le surveillant ricanait.

— Eh bien ! moi, je peux dire que j'en ai piloté des avions. J'avais même un coucou pour moi tout seul. Il s'appelait Lucifer...

Et les élèves ébahis, hochaient la tête en appelant de tous leurs vœux le temps du service militaire...

Au dortoir enfin, le surveillant faisait preuve d'une autorité sagace. Il était passé maître dans l'art de virevolter sur lui-même aux moments les plus inattendus. En marchant entre les lits il roulait les épaules, cambrait le buste et claquait vigoureusement du talon contre le plancher. Sur son ordre et parce que les méthodes spartiates avaient ses faveurs, les fenêtres restaient toujours ouvertes. Avant de s'endormir il fumait une cigarette dans sa cabine de bois dont les cloisons atteignaient deux mètres de hauteur. Et la fumée qui montait au plafond faisait comprendre aux élèves, mieux que tous les discours, l'abîme qui sépare le puissant du faible, l'oppresseur de l'opprimé, celui qui commande de celui qui doit obéir...

*
**

Pendant plusieurs semaines Picou, comme Floch, comme tous les élèves de sixième, vécurent dans la terreur. Le surveillant avait rapidement hérité du nom de son avion et tout le collège l'appelait Lucifer, voire Lucif, tout court. Mais en sixième, l'audace manquait pour prononcer à haute voix ce surnom. Sur l'étude et le dortoir des « Petits », Lucifer régnait en maître inconstesté. On le saluait chapeau bas. On lui donnait du Monsieur gros comme le bras. Même lorsqu'il n'était pas de service, on multipliait à son égard les témoignages de respect. Il est vrai que ses instants de liberté il les passait encore à surveiller son troupeau de la fenêtre de sa chambre ; car Lucifer avait une chambre dans laquelle d'ailleurs, retenu par ses obligations quotidiennes au dortoir, il ne dormait jamais.

Cependant, au fil des jours, Picou nota certains faits étranges qui le plongèrent dans de profondes réflexions. Les plumes couraient sur les cahiers ; les fronts se courbaient : l'étude était silencieuse comme un cimetière ; or, c'était cet instant-là que Lucifer choisissait pour frétiller sur sa chaise et jeter le tonnerre dans la salle :

— Si l'un d'entre vous veut la guerre, il aura la guerre. Vous là-bas, à l'horizon, méfiez-vous !

D'autres fois, alors que des élèves dissimulés derrière une pile de livres, s'entretenaient à voix basse, Lucifer levait la tête à l'improviste, faisait peser sur la salle un œil impérial puis, satisfait, reprenait sa lecture.

Si bien que Picou finit par dire à Floch :

— Il a beau porter des projecteurs, je crois qu'il n'y voit rien.

Au dortoir se passaient des phénomènes aussi bizarres. Les élèves somnolaient et, seul, se faisait entendre le bruit régulier des respirations quand tout à coup, Lucifer, interrompant sa ronde, fulminait :

— S'il en est parmi vous qui veulent dormir dehors, je les préviens que les fenêtres sont ouvertes !

Certains soirs, par contre, où se déclenchaient entre voisins de lit de terribles batailles, Lucifer continuait sa marche, rigide, imperturbable, frappant le plancher d'un talon autoritaire.

Si bien que Picou finit par dire à Floch :

— Non seulement il n'y voit rien, mais encore il est sourdingue !

Et un soir, alors que Lucifer, à la lueur de la veilleuse effectuait sa ronde, Picou plongé dans ses draps, osa fumer une cigarette. Le lendemain trois ou quatre élèves fumaient. Le surlendemain les trois quarts du dortoir fumaient. Le jour suivant le dortoir tout entier fumait, à l'exception de Floch, qui sitôt couché, ronflait aussi fort que les orgues de son Tréguier natal. Mais Lucifer avait du flair. Il arrivait souvent que le brouillard montant de la vallée voisine, vînt assiéger le collège. Au milieu de sa ronde, ce soir-là, Lucifer s'arrêta. Il s'arrêta longuement, huma l'épais nuage de fumée qui emplissait le dortoir. Et, tandis que les élèves terrorisés s'apprêtaient aux pires représailles, il commanda d'une voix forte :

— Fermez les fenêtres, à cause du brouillard.

⁂

Hélas ! Pas plus que les hommes, les enfants ne savent s'arrêter à temps sur le chemin des excès. La catastrophe éclata le soir où Picou fit craquer son briquet ostensiblement, sans même prendre la précaution de l'abriter du creux de la main. A la seconde précise où la flamme, une flamme formidable de briquet-tempête, jaillissait dans la pénombre, Lucifer fit volte-face. Picou éteignit précipitamment. Trop tard. Déjà Lucifer volait à travers le dortoir. Picou fit une plongée rapide.

Mais au bout de quelques instants des cris stridents le ramenèrent à la surface. Et, au comble de la stupéfaction, il vit, à deux mètres, Lucifer, les yeux hors de la tête qui secouait Floch, complètement ahuri.

— Sortez du lit, ordonnait Lucifer.

— Je dormais, sanglotait Floch. Ce n'est pas moi !

— Inutile de nier ! J'avais l'œil fixé sur vous depuis longtemps. Allons, sortez !...

Picou hésita un long moment. Se dénoncer, c'était encourir, à coup sûr, un châtiment sévère. Mais Floch était son ami !

— Ce n'est pas lui, dit-il enfin.

— Vous, silence ! fit Lucifer hargneux.

— Ce n'est pas lui, reprit Picou, c'est moi !

— C'est vous qui fumiez ?

— Oui monsieur, fit Picou très digne. Pour tuer les puces ! Il n'eut pas le temps d'en dire davantage. Lucifer bondit, l'arracha des draps, le souleva péniblement, à la hauteur de la poitrine d'abord, à la hauteur de la tête ensuite, puis d'un effort désespéré l'envoya à travers la fenêtre toute proche s'écraser deux mètres plus bas parmi les légumes du jardin.

Là-dessus il souffla, s'épongea et dit :

— Le dénommé Picou s'apprêtait à fumer ! Il a passé dans le jardin. Tous ceux qui fumeront subiront le même sort.

Et se tournant vers la fenêtre il hurla à l'adresse de Picou :

— Débrouillez-vous comme vous voudrez ; je ne veux pas vous voir avant demain matin.

Au-dehors la nuit était noire, parcourue par un lourd vent d'ouest chargé de froid et d'humidité...

⁂

Le lendemain matin, Lucifer se réveilla d'excellente humeur. Il lui tardait de prendre sa revanche et de constater sur le visage de Picou les traces d'une nuit incommode et sans sommeil. Cinq minutes après la cloche, Picou fit son entrée au dortoir.

— Vous avez bien dormi ? s'enquit Lucifer ironique.

— Très bien, monsieur.

La voix était ferme, sûre d'elle. Surpris Lucifer s'approcha. Non, ce n'était pas possible ! Picou était léger, détendu, rose, frais comme un gardon.

— Où avez-vous dormi ? gronda Lucifer.

— Je ne vous le dirai pas.

— C'est un ordre : où avez-vous dormi ?

Picou réfléchit puis leva la tête.

— Si je vous le dis, est-ce que vous me punirez ?

— Parlez toujours !

— A condition que vous ne me punissiez pas!

— Je ne vous punirai pas.

— C'est promis ?

— Juré.

— J'ai dormi dans votre chambre, monsieur, dit Picou avec fierté.

Tout le dortoir gloussa. Lucifer lui-même, beau joueur, consentit à sourire. Il sourit mi-figue, mi-raisin, mais il sourit quand même ; tandis que Picou radieux et un peu ironique se redressait de toute sa taille et jetait sur ses camarades admiratifs un regard de victoire...

LA MESSE

— Non, disaient les philosophes.

— Peut-être, risquaient les élèves de seconde.

— C'est probable, annonçaient ceux de quatrième.

— C'est sûr, affirmait, péremtoire, la marmaille de sixième !

— C'est certain, décrétait Picou.

— Non, non et non ! reprenaient en chœur les philosophes au front lourd d'expérience et de sagesse.

Depuis des jours, c'était au Collège, le seul sujet de conversation. On en parlait en cour de récréation, au réfectoire, à l'étude et les esprits allaient s'échauffant... Bien sûr, la chorale avait remporté le premier prix au concours de Saint-Brieuc. Bien sûr, elle avait chanté à Tréguier, lors du pardon de Saint-Yves, devant cinq évêques et deux cardinaux. Bien sûr... Bien sûr... Mais de là à se monter la tête, à faire des rêves absurdes, à s'imaginer par exemple...

Non, non et non !

***

Jeudi matin, neuf heures. Habituelle réunion de chapelle groupant tous les élèves. Le Préfet de discipline grimpa dans la chaire qui lui servait d'observatoire, plissa un œil, puis l'autre, toussota et sortit quelques papiers de sa poche.

— Messieurs, j'ai une nouvelle considérable à vous annoncer. Voici :

« La Radiodiffusion française sera dimanche dans nos murs.

Il prit un léger temps pour juger de l'effet produit :

— Je dis bien : la Radiodiffusion française. Si renommée est notre chorale qu'elle a été jugée digne d'être entendue à la T.S.F. et la grand'messe sera radiodiffusée.

— J'en étais certain, glissa Picou à Floch.

Tous les élèves avaient bombé le torse, saisis d'une soudaine fierté, même ceux qui étaient incapables d'aligner correctement trois notes consécutives.

— Bien entendu, continua le Préfet, il me faut, à cette occasion, vous donner quelques instructions précises.

Il consulta ses papiers :

— 1) A vous tous, les répons, comme chaque dimanche. Mais, de grâce, ne criez pas ! Chanter n'est pas crier ! Crier n'est pas chanter. Articulez bien, respectez le rythme, surtout adoucissez les finales.

2) Vous pouvez annoncer la nouvelle à vos parents. Mais ne les invitez pas. Notre chapelle est trop petite.

3) Pas un bruit. C'est là ma recommandation la plus importante. Ne remuez pas les souliers. Ne reniflez pas. Ne toussez pas. Ne vous mouchez pas. N'oubliez pas que toute la France sera à l'écoute et qu'il en va, en quelque manière, de l'honneur de notre maison, donc de votre honneur à tous. Entendu : *silence !*

Là-dessus, le Préfet éternua violemment car il traînait lui aussi un rhume, vieux de trois semaines et que son lever quotidien à cinq heures n'était pas fait pour guérir. Les élèves sourirent :

— 4) Toujours pour des raisons de silence, je ne frapperai pas les mains comme d'habitude quand il faudra vous lever ou vous asseoir. Voici le nouveau code : l'index au plafond : debout. La main tendue à plat : assis. L'index en bas : à genoux ! Compris ?

Les élèves hochèrent la tête.

— Première répétition générale samedi à quatre heures, conclut le Préfet.

Et là-dessus, il libéra les élèves qui commentèrent l'événement avec tellement de flamme qu'ils en oublièrent de jouer au football et que certains même omirent leurs leçons.

*
**

Jeudi suivant, neuf heures, trois jours avant l'événement du siècle. Habituelle réunion de chapelle. Le Préfet, aux lèvres un sourire étrange, étala devant lui quelques lettres. Les élèves se regardèrent avec surprise :

— Communication très urgente, fit le Préfet, narquois.

Et en ouvrant la première lettre :

« Mes chers parents,
« Dimanche, écoutez le poste. C'est très important.
« La grand-messe sera radiodiffusée et vous entendrez notre chorale qui est la meilleure des Côtes-du-Nord. Après le *Sanctus*, tendez l'oreille. A ce moment-là, vous m'entendrez tousser. Trois fois.
« Approchez-vous du poste et écoutez bien. Vous me direz si vous avez bien entendu.
« Bons baisers. Votre fils. Michel Tilly. 3e. »

— Voici une autre lettre, continua le Préfet sans se préoccuper des rires.

« Mes chers parents,
« A dix heures, dimanche, toute la France écoutera « la chorale du Collège, qui est la meilleure de « Bretagne et qui va passer sur les ondes. Quand « approchera l'instant du *Pater*, prêtez une oreille « attentive. Au moment précis où le prêtre dira : « *Nobis quoque peccatoribus*, je me moucherai et « vous entendrez ainsi votre fils.
« J'espère que toute la maisonnée se porte bien.
« Sentiments affecteux. Alex Renois. Classe de Philo. »

— Même les philosophes ! lança le Préfet.
Et s'emparant d'une troisième lettre.
— Voici la meilleure !

« Mes chers parents,
« Dimanche, j'éternuerai trois fois et de toutes mes « forces. C'est pour la messe qui passera à la radio « parce que la chorale est la meilleure de France. « J'éternuerai trois fois juste après l'*Agnus Dei*. « Ainsi vous pourrez dire que vous avez entendu « votre fils à la radio.
« Je n'ai pas le temps de vous donner aujourd'hui « les places de compositions. Bons baisers. Picou. « 6e. »

Rouge de confusion, Picou avait plongé la tête entre les bras.

— Ce n'est pas tout, poursuivit le Préfet. J'ai dans la poche une cinquantaine de lettres de même genre. Je dis bien : une cinquantaine. Sept ou huit d'entre vous ont l'intention de se moucher. Plus de quinze doivent tousser, sans compter ceux qui veulent se gratter la gorge, renifler. Cinq ou six enfin, ont l'intention d'éternuer dont un seul, il me faut le reconnaitre, « trois fois et de toutes ses forces ».

Les élèves se regardaient déconfits.

— Je serai là, ajouta le Préfet d'une voix soudain ferme et qui sentait l'orage, pour empêcher qu'il en soit ainsi. Un seul, parmi vous, sera entendu dimanche, pendant la messe. Un seul.

Et en ouvrant une dernière lettre :

« Mes chers parents,

« Dimanche la grand-messe sera radiodiffusée. Nous « serons huit enfants de chœur. J'ai de la chance : « c'est moi qui joue de la clochette... »

Le Préfet savait faire suivre ses éclats de voix d'un demi-sourire. Ce qui est d'excellente tactique pour le chef d'un escadron comprenant près de six cents soldats...

*
* *

Ce dimanche-là, le collège se réveilla dans la fièvre. Depuis trois jours des équipes de spécialistes s'affairaient autour de la chapelle. Un camion des P.T.T. ayant déposé un énorme câble noir près de l'infirmerie, la sœur infirmière avait été assaillie par un flot d'élèves plus ou moins quinteux, désireux de voir et même de toucher le câble en question. On se communiquait les détails tous plus extraordinaires les uns que les autres. Des ingénieurs allaient se déplacer de Paris ! oui de Paris ! L'un d'eux s'enfermerait dans une classe pendant la messe, avec un poste de T.S.F. pour contrôler l'émission, prêt à intervenir à la moindre défaillance technique. Le directeur de l'Institut Grégorien viendrait lui-même battre la mesure... Le samedi soir, des appareils impressionnants avaient été placés, près de la treizième station du Chemin de Croix, provoquant un raz de marée à l'heure de la récréation. Jamais, le collège n'avait vécu de journée aussi grandiose.

A dix heures moins un quart, quinze minutes précises avant le début de l'office, les élèves étaient à leur poste, paroissien à la main, œil aux aguets, cœur battant la charge. Les plus favorisés, comme de juste, étaient ceux qui se trouvaient près de la treizième station. Mais d'autres avaient aussi la chance de voir un fil presque à leur pied ou un micro à quelques mètres. Au fond de lui-même chacun éprouvait soudain un respect quelque peu superstitieux pour la science en général et les ingénieurs des P.T.T. en particulier.

Le Préfet aussi était à son poste. Chacun remarqua qu'il était coiffé de la veille et qu'il portait une douillette toute neuve. Pour lui, aussi bien qu'il s'efforçât de n'en rien paraître, c'était un grand jour.

— Si certains d'entre vous, dit-il éprouvent le besoin d'éternuer, de tousser ou de se moucher, c'est le moment.

Un formidable vacarme ébranla la voûte de la Chapelle : dans un ensemble parfait, les cinq cents élèves toussèrent avec énergie, puis se mouchèrent avec non moins de vigueur.

— Dernière répétition, fit le Préfet.

Il leva l'index vers le plafond : tous les élèves se levèrent.

Il abaissa l'index : tous se mirent à genoux.

Il tendit la main à plat : les élèves s'assirent. Parfait. Tout était dans l'ordre. La messe pouvait commencer.

Elle commença. Et dans un tel silence que le Préfet comprit tout de suite qu'il avait partie gagnée...

C'était l'un des plus jeunes professeurs du collège, capable d'attaquer la *Préface* en si bémol, qui officiait. La chorale obéissait aux gestes secs et nerveux du maître de chapelle. Les élèves — sixième au premier rang, tout au fond, philosophie — obéissaient à l'index de leur général.

Pas un frottement de souliers ; pas un bruit de gorge. Sitôt après la fin du sermon un grand gaillard toussota, sur les bancs de la troisième. Mais c'était une toux discrète, timide, manifestement involontaire. Du reste, le délinquant subit les regards foudroyants de tous ses voisins — signe indiscutable d'un excellent état d'esprit.

Aussi calmes, aussi pacifiques que le vieux saint Joseph de bois qui priait dans la grisaille humide, près du porche, les élèves n'ouvraient la bouche que pour répondre à la chorale. Toute la France était à l'écoute. Et, lorgnant de temps en temps vers les appareils, les élèves ne pouvaient s'empêcher de ressentir un sentiment de fierté tout à fait légitime.

Vint le moment du *Sanctus*. La clochette carillonna avec une allégresse un peu inusitée. Mais ce fut tout. Silence — Elévation : Silence — *Nobis quoque peccatoribus :* Silence — *Pater,* — *Agnus Dei :* Silence — Toujours silence...

***

C'est immédiatement après l'*Agnus Dei* que survint la catastrophe. Un éternuement éclata, fit trembler les micros, roula sous la voûte comme un grondement d'orage. Avant que les élèves soient revenus de leur stupeur, un deuxième éternuement survint, puis un troisième, puis un quatrième. Le coupable n'était autre que le Préfet, le Préfet en personne, qui, écarlate, le nez dans les mains multipliait des efforts désespérés pour mettre fin au tintamarre. Un cinquième éternuement retentit, encore plus formidable que les précédents qui se répercuta de « Lannion à Carcassonne ». La série était close. L'œil aux aguets, le sourcil froncé, le Préfet épiait sa troupe, redoutant sans doute que l'exemple du général ne provoquât une offensive de masse. Rien. Silence. Seulement quelques sourires : des élèves, des professeurs, des techniciens eux-mêmes. Ce que voyant le Préfet sourit lui aussi... Même Picou n'avait pas bronché, lui qui pourtant devait « éternuer trois fois et de toutes ses forces »...

⁂

— Non ! disaient les philosophes.

— Peut-être ! risquaient les élèves de seconde.

— C'est probable ! annonçaient ceux de troisième.

— C'est sûr ! affirmait la marmaille des sixièmes.

— Non ! Non ! Non ! reprenaient en chœur les philosophes...

Jeudi matin, neuf heures. Habituelle réunion de chapelle, la première après la messe radiodiffusée. Les câbles et les appareils avaient disparu et le collège avait retrouvé son calme, quand un nouveau bruit s'était répandu des études en classe, du réfectoire aux dortoirs, des dortoirs aux cours de récréation.

— Non ! Non ! Et non ! assuraient les philosophes.

Cinq cents paires d'yeux brillants de curiosité fixaient le Préfet quand il s'installa dans sa chaire.

— Je vous remercie et vous félicite, fit-il en commençant.

« Votre tenue, dimanche, n'a mérité que des éloges. Pas une fausse note ; pas un bruit de toux ; pas un éternuement.

Les élèves se pincèrent les lèvres.

— Vous savez que l'un d'entre nous a vigoureusement manifesté après l'*Agnus Dei.*

Il sourit ; les élèves sourirent à leur tour.

— Cette manifestation nous a valu une lettre. Je vais vous la lire :

« Mon cher Picou,

« J'ai écouté la messe. C'était très bien. A l'*Agnus*
« *Dei,* quand tu as éternué, j'ai parfaitement reconnu
« ta voix et c'est avec plaisir que je t'ai entendu
« à la radio. Bons baisers. Ton père. »

Les élèves se tournèrent tous vers Picou.

Mais le Préfet enchaîna :

— Donc, je vous félicite... Tenue parfaite... Chants remarquables... Et c'est pourquoi, à l'occasion des prochaines vacances de Pâques je vous accorde un jour de congé supplémentaire...

— J'en étais certain, conclut Picou.

LE MUR DE LA MORT

Seize kilomètres seulement séparent Tréguier de Louannec. Avant de quitter le collège pour les vacances de Noël, Picou avait invité Floch à passer deux jours chez lui. Et c'est ainsi qu'un jeudi, Floch, venu par le car de deux heures, fit son entrée dans la ferme de Truzugal tenue par Pa Penhoat.

Picou lui fit visiter le domaine. Ils s'arrêtèrent longtemps devant l'automobile dont Picou, trois mois plus tôt, avait emprunté le coffre arrière. Vieille Renault dont les ailes bosselées révélaient un conducteur plein de mépris pour les véhicules et les murs de rencontre. Puis il examinèrent la bicyclette paternelle, engin vénérable au guidon relevé, à la selle haut perchée, au porte-bagages immense. En fait ce vélo appartenait à Picou car Pa n'aimait guère s'en servir. Il l'enfourchait une fois par mois environ, au lendemain de ses accidents d'automobile.

— La voiture c'est trop dangereux, annonçait-il ; tous les ânes du canton auront bientôt leur permis de conduire. C'est décidé : je vends mon auto et je ne sors plus qu'à bicyclette. Ça fera des économies d'essence.

Le lendemain il disparaissait juché sur son vélo. Mais comme en toute chose, même en un simple coup de pédale, Pa Penhoat se donnait à fond, l'expérience ne durait guère. On le voyait sur les chemins, suer, souffler, s'éponger, grommeler, escalader les côtes à vive allure, les dégringoler à tombeau ouvert. Le soir il rentrait exténué. Et le lendemain, la voiture, à nouveau, sortait du garage.

En réalité la bicyclette appartenait donc à Picou. Il faut dire que le porte-bagages enlevé, la selle baissée et le guidon recourbé, elle prenait une allure demi-course qui provoquait l'admiration et l'envie de tous les enfants du voisinage. Et Picou, la tête recouverte d'une casquette à visière, le torse moulé dans un superbe maillot jaune vif, n'avait pas son pareil pour dévaler les pentes à la vitesse d'un cyclone, et pour prendre les virages à la corde avec la témérité d'un vieux chevronné du Tour de France...

— Jouons au mur de la mort, proposa Picou.

— C'est dangereux ? questionna Floch.

— C'est du cirque ! répondit Picou.

Il y avait derrière la ferme à la distance d'un jet de fusil, deux vieilles carrières abandonnées profondes d'une dizaine de mètres. Creusées dans le flanc d'une colline aride, elles étaient séparées seulement par un étroit passage, une sorte de sentier fangeux, large à peine de cinquante centimètres. L'une d'elles, sans issue, ressemblait à une grande cuvette, l'autre, pleine d'épines et de ronces infestées de rats et de couleuvres, ouvrait sur une prairie. C'était là l'endroit idéal pour jouer aux gendarmes et aux voleurs ou pour fumer une cigarette à l'abri des regards indiscrets. C'était ausi l'endroit idéal pour jouer au mur de la mort.

— Il faut une bicyclette ? demanda Floch quelque peu inquiet.

— Tu vas voir, fit Picou, en transformant l'engin paternel en vélo demi-course.

Le jeu était simple. Il s'agissait après avoir pris élan sur la pente douce de la colline, de franchir la bande de terre qui séparait les deux carrières. Exercice audacieux qui exigeait un grand sang-froid. Après s'être fait tirer l'oreille, Floch accepta de prendre part au jeu. Un tirage au sort le désignait comme premier partant.

La pluie était tombée en abondance les jours précédents. Une grosse pluie interminable qui avait rendu le sol gras et glissant.

— Prends vingt mètres d'élan, dit Picou. Ça suffit. Mais attention ! Inutile de pédaler...

Floch s'installa sur le vélo, tira de sa poche de grosses lunettes de motocycliste dont il se protégea le regard, puis, prudemment, posa les mains tout en bas du guidon, près des freins.

— Je peux lâcher ? questionna Picou qui tenait la selle.

— Doucement ! dit Floch, doucement !

Picou lâcha. Les roues se mirent à tourner, lentement d'abord puis plus vite ; et la bicyclette allait s'engager à bonne allure entre les deux carrières quand soudain Floch serra les freins et sauta de machine.

— Je ne joue plus, déclara-t-il, catégorique. C'est dangereux ! Ça dérape !

— Tu as peur ?

— Je n'ai pas peur, mais ça dérape, répéta Floch en retirant ses lunettes.

— Passe un peu la bécane, dit Picou. Tu vas voir si ça dérape !

De fait le spectacle méritait d'être vu. Ayant gravi la pente sur une distance de vingt mètres, Picou ajusta sa casquette, tira sur son maillot, bondit sur la selle, empoigna solidement le guidon. A cinquante à l'heure le vélo passa entre les deux carrières.

— Tu as vu ? triompha Picou.

Et grisé par son succès, il annonça :

— Je recommence ! Cinquante mètres d'élan !

Avec la rapidité de la foudre, le vélo s'engaga entre les deux carrières. Mais, brusquement, la roue avant se déporta légèrement, puis la roue arrière. Durant une seconde, Picou, le cœur à l'arrêt, frisa l'abîme. Le vélo passa, après avoir frôlé la chute de quelques centimètres. Blême, les jambes molles, Picou descendait de selle, quand Floch, très excité, se précipita.

— Donne, ! fit-il.

— Non, dit Picou.

— Donne ! insista Floch, en essayant d'arracher la bicyclette.

— Ça dérape, dit Picou.

— Puisque tu as réussi, je réussirai, moi aussi, lança Floch en tirant sur le guidon.

— C'est dangereux ! Ça dérape ! dit Picou.

— Si tu me prêtes ton vélo, dit Floch, je te donnerai mes lunettes de motocycliste.

C'étaient de splendides lunettes de motocycliste dont le verre, très épais, s'entourait d'une large garniture de caoutchouc. De semblables lunettes, s'ajoutant au pull-over jaune et à la casquette à visière, transformeraient Picou, c'était certain, en un authentique coureur.

— C'est dangereux ! dit Picou mollement.

— Je te donnerai mes lunettes, répéta Floch.

— Ça dérape ! se défendit Picou, de plus en plus mollement.

— Je te donnerai mes lunettes de motocycliste, dit Floch.

Et là-dessus, il s'empara du vélo, tandis que Picou s'emparait des lunettes...

Les professionnels du cyclisme dévalant les versants de l'Aubisque ou du Galibier ne sont que culs-de-jatte auprès d'un Floch déchaîné. Il prit soixante mètres d'élan et se coucha sur le guidon.

— Attention ! hurla Picou épouvanté.

Déjà le vélo dégringolait la pente comme une avalanche.

— Arrête ! clama Picou ! arrête !

A une vitesse vertigineuse le vélo approchait des carrières.

— Ça dérape ! gémit Picou effondré, en se voilant la face. Ça dérape !

Il y eut un épouvantable cri de terreur puis un effroyable vacarme. Quand Picou ouvrit les yeux, Floch et la bicyclette avaient disparu.

Le premier réflexe de Picou fut de courir à toutes jambes en direction de la maison. Mais au bout de quelques dizaines de mètres il revint aux réalités.

— S'il n'est pas mort, murmura-t-il, je donnerai vingt francs à saint Antoine.

Il retourna sur ses pas. D'une des carrières, celle qui ouvrait sur une prairie, montaient des gémissements sourds et lamentables. Picou approcha et le spectacle qu'il avait sous les yeux était si terrifiant qu'il faillit de nouveau prendre la fuite. Après une chute de sept à huit mètres, Floch avait atterri, la tête en avant, sur un tapis d'ajoncs et de ronces. Ses mains étaient déchirées, son visage barbouillé de sang. Par la prairie, Picou le rejoignit :

— Tu es blessé ? demanda-t-il plein de sollicitude.

— Bien sûr, se plaignit Floch.

— Où ?

— Partout !

Il se releva avec peine, il remua les bras, les jambes, tourna la tête de gauche à droite, se regarda curieusement, comme stupéfait se se voir encore en vie.

— Ce n'est rien ! dit Picou, on va essuyer le sang.

Mais soudain Floch fondit en larmes

— Ma culotte ! fit-il lamentable, ma culotte !

Elle était en morceaux, la culotte de Floch. Le fond en avait disparu et le caleçon apparaissait dans toute sa blancheur.

— Comment faire pour prendre le car ? gémit Floch.

— Ne t'en fais pas, dit Picou. Demain, je te prêterai un pantalon.

Ils rentrèrent à la ferme à la nuit tombante, après avoir effacé de leur mieux les traces de la catastrophe. Heureusement pour Picou, Pa était absent. Il était parti en automobile pour une longue randonnée. Et Man Penhoat à laquelle Picou et Floch racontèrent le drame était toujours bénigne dans ses châtiments.

⁂

Mais, le lendemain matin, de bonne heure, Picou fut réveillé par un pas de course dans l'escalier. Avant qu'il n'ait eu le temps de se frotter les yeux, Pa Penhoat tombait dans la chambre comme un météore.

— Ta mère vient de tout me dire, commença-t-il furieux. Alors, il paraît que tu as essayé de tuer Floch ? Réponds... C'est vrai ?

— Pas tout à fait, répondit Picou.

— Les tribunaux, la mort et la maison de correction ! voilà ce que tu mérites, continua Pa en brandissant le poing.

— Mais c'est lui qui a insisté pour avoir la bicyclette, expliqua Picou.

— La bicyclette ! ah oui ! parles-en de la bicyclette ! Tu ne la verras plus la bicyclette ! Tous les ânes du département ont désormais leur permis de conduire et, depuis hier soir, j'ai décidé de ne plus sortir en automobile. Elle sera à moi, la bicyclette ! tu as compris ? à moi !

— Il n'y a plus de bicyclette ! murmura Picou en s'écartant doucement.

Pa sursauta.

— Que dis-tu ? bredouilla-t-il.

— Il n'y a plus de vélo, expliqua Picou en s'écartant davantage.

— Plus de vélo ? Je ne comprends pas !

— Voilà, dit Picou qui avait mis le lit entre son père et lui, c'est simple. Floch est tombé dans une carrière, le vélo est tombé dans l'autre, dans celle qui était pleine d'eau.

— C'est simple en effet, rugit Pa. C'est très simple, et comme par hasard, le vélo disparaît le jour même où je décide de vendre ma voiture...

Brusquement, il s'arrêta :

— Pleine d'eau, balbutia-t-il, tu as dit que l'une des carrières était pleine d'eau.

— Pas tout à fait jusqu'aux bords, assura Picou.

— Pleine d'eau, bégaya Pa, pleine d'eau ! Mais alors si Floch était tombé de l'autre côté, il était...

La parole lui manqua. Son visage blêmit. Il s'appuya au pied du lit.

— Je crois qu'il sait nager, dit Picou.

Mais Pa n'écoutait pas. Il semblait perdu dans un autre monde. Soudain son visage blêmit encore davantage.

— Et toi, marmotta-t-il... Toi... Tu as aussi franchi le mur de la mort ?

— Deux fois, révéla Picou. Et pourtant, je t'assure, ça dérapait !

— Deux fois, dit Pa faiblement. Et ça dérapait ! Deux fois... Il est formidable !

D'émotion, il s'écroula sur le lit. Et il essuya la sueur glacée qui inondait son visage...

⁂

Après une heure de sondages et d'efforts, la bicyclette fut retirée de la carrière, couverte d'une boue argileuse, méconnaissable.

— Je refuse de monter un pareil engin, décréta Pa. J'exige qu'il brille comme un sou neuf.

Une heure après, la bicyclette brillait comme un sou neuf. Mais il y avait déjà belle lurette que Pa avait disparu en automobile. Et ce fut Picou qui enfourcha le vélo pour conduire Floch au car de Tréguier. En passant près de l'église, il prit son ami par le bras.

— Dis-moi, Floch, hier lorsque tu es tombé dans la carrière, j'ai promis que tu donnerais vingt francs à saint Antoine, si tu en sortais vivant.

— Vingt francs, c'est cher ! protesta Floch.

— Moi, je mets dix francs, proposa Picou généreux.

— D'accord, accepta Floch. Tu es un ami.

Le car partit. A travers la vitre, Floch fit de grands signes à Picou, exactement comme s'il devait rester dix ans sans le revoir. Lorsque le car eut disparu, Picou alla rendre visite à saint Antoine.

MON PERE, J'AI BEAUCOUP PECHE...

Le n° 34 était Floch ; le 33, Picou, le 32, Manu... Manu, un chef, un champion. Premier toujours et en toutes les matières. Les médailles en permanence, le modèle du parfait élève, et, par un contraste coutumier, le grand ami de Picou après Floch, bien entendu.

Chose qui à Picou paraissait bien bizarre, Manu redoutait l'obscurité. L'hiver, sur le chemin du dortoir, il évitait la tête de colonne pour ne pas affronter le premier les ténèbres. Il s'écartait légèrement lorsqu'il passait près du chat du concierge dont les yeux étincelaient dans le noir comme deux tisons enflammés. Il s'écartait davantage près de la sombre entrée du parc où la lourde tête des sapins formait une nuit épaisse et plus effrayante au milieu de la nuit. Quand il se réveillait, l'immense dortoir chargé d'ombres, et de silence le glaçait de terreur. Il s'engloutissait alors au plus profond de ses draps, pâle, tremblant, l'oreille aux aguets, puis, bientôt, affolé, toussait, reniflait, se raclait la gorge, bref, menait en sourdine un tel vacarme que Picou finissait par ouvrir un œil.

— J'ai peur, disait Manu.

— Dors.

— J'ai peur... Tu n'as pas peur, toi ?

— Je te dis de dormir !...

Durant tout le mois de février, le vent, inlassablement, harcela le collège. Un fort vent d'ouest qui soufflait en tempête de la Manche. Il rampait le long des murs, secouait les gouttières et les lucarnes, gémissait aux fenêtres et Manu, chaque nuit, réveillait Picou.

— J'ai peur, Picou ; j'ai peur.

— Laisse-moi dormir...

Et ainsi, toutes les nuits. Si bien que Picou excédé, décida d'enlever pour toujours à son ami la crainte des ténèbres.

A la récréation de quatre heures, en ce mardi de fin février, Picou se glissa dans la sacristie à la recherche d'une petite bougie. Mais la sacristie ne renfermait que de gros cierges, blancs, lisses, coulants, longs au moins de cinquante centimètres. Sans hésiter, Picou en choisit un qu'il cassa par la moitié et qu'il dissimula sous son veston. Puis il gagna le réfectoire, s'empara dans la case de Floch d'une vieille boîte de conserves qu'il perça d'une ouverture carrée. Un morceau de bougie passa dans la boîte. Picou disposait ainsi d'une lanterne.

Il fit part à Floch de son projet. Il s'agissait de kidnapper Manu sur le chemin du dortoir et de le mener sous la voûte sombre des grands sapins, dans le parc. A la lueur de la lanterne, on le ligoterait. Puis on filerait à toutes jambes vers le dortoir. A Manu par la suite de se libérer et de retrouver son chemin.

— Lucifer ? objecta Floch.

— Lucifer n'y verra rien, dit Picou.

— Le préfet ?

— Le préfet ne s'intéresse pas à la sixième...

A la sortir du réfectoire, Picou se plaça tout à fait en queue de colonne, précédé de Manu, lui-même précédé de Floch. Manu était drapé dans une énorme pèlerine. Picou et Floch frissonnaient sous leur veston au col relevé. Le veston de Picou abritait la lanterne ; celui de Floch dissimulait un décamètre de ficelle. De quoi ligoter un éléphant. En tête de colonne Lucifer claquait du talon.

On n'y voyait pas à un mètre. L'obscurité était si opaque qu'on eût dit le ciel recouvert par un immense nuage d'orage. Une pluie fine et silencieuse tombait. Le vent bondissait par-dessus les toits en sifflant. Fouettée par les rafales humides, la longue file des élèves parcourait les deux cents mètres de cours et de corridors qui menaient au dortoir.

Trouant la nuit du regard, Manu tendait en tous sens une tête effarée. Il tressaillit quand l'entrée du parc fut proche. On distinguait confusément la masse noire des sapins qui dansait dans le vent. Et leur plainte, à chaque pas, se faisait plus lugubre.

Soudain Picou toussota. C'était le signal. Sans avoir pu esquisser un geste de défense, Manu fut coiffé de sa pèlerine. Et, tiré par Picou, poussé par Floch qui lui maintenait son vêtement sur la tête, il se trouva en un clin d'œil au milieu du parc. Manu n'avait même pas poussé un cri.

— Tiens bon, dit Picou. J'allume la bougie.

Il sortit son briquet, fit jaillir la flamme. Le vent la souffla. Une seconde fois, il alluma. Le vent éteignit encore. Une troisième tentative fut aussi infructueuse. Et pendant ce temps, Manu qui avait repris ses sens, se démenait comme un forcené. Il gesticulait, trépignait, lançait des ruades. Floch, qui le tenait à bras le corps, était ballotté dans tous les sens et avait toutes les peines du monde à le maintenir sous sa cape.

— Je vais lâcher, dit Floch. Je lâche !

— Tiens bon ! encouragea Picou. J'arrive.

La lanterne était enfin allumée. Picou se précipita

pour venir au secours de Floch. Mais avant qu'il n'ait eu le temps d'intervenir, Manu, dans un élan désespéré, parvint à se dégager, et, soulevant sa pèlerine, se mit à courir en tous sens, en poussant des hurlements effroyables.

— Tais-toi ! supplia Picou.

— Au secours ! hurlait Manu.

— Nous sommes refaits ! s'alarma Floch.

— Au secours ! hurlait Manu de plus belle...

Ce fut la débandade. Picou et Floch s'enfuirent à toutes jambes, abandonnant sous les sapins Manu et la lanterne. Picou filait si vite que Floch fut bientôt lâché.

— Attends-moi, Picou !

Picou accéléra de plus belle. Et après avoir laissé Floch à vingt mètres, il s'apprêtait à rejoindre la queue de la colonne, lorsque, tout à coup, les ténèbres tremblèrent.

— Halte !

— Le préfet ! songea Picou épouvanté.

Ce n'était pas le moment d'obéir. L'obscurité était propice à toutes les fuites. Picou fonça, tête baissée. Et vlan ! A une allure de bolide, il vint donner du crâne contre une soutane qui se confondait avec la nuit. Le choc fut si rude que Picou rebondit en arrière. Il allait fuir de nouveau quand une main de fer l'empoigna aux épaules. Le temps d'une seconde, la lueur blanche d'une pile électrique éclaira son visage.

— Ah ! c'est vous ! dit le préfet sèchement.

— Non monsieur, gémit Picou.

— Au pain sec, demain midi, reprit le préfet. Où est l'autre ?

— J'étais seul, monsieur.

Une paire de taloches retentit.

— Où est l'autre ?

Jamais Picou n'aurait livré son ami. Mais le préfet ricana :

— Je le vois, grinça-t-il. Je le vois !

Picou tourna la tête. Dans la nuit une étoile approchait rapidement en cabriolant au ras du sol. C'était Manu qui, la lanterne à la main, revenait du parc.

— Encore un qui ne va pas m'échapper, gronda le préfet.

Et, s'adressant à Picou :

— Filez !

Picou fila sans demander son reste...

Trois minutes plus tard, Manu fit son entrée au dortoir.

— J'ai reçu une paire de gifles ! souffla Picou.

— Moi aussi ! dit Manu, lamentable.

— Au pain sec demain midi ! continua Picou.

— Moi aussi, dit Manu, en pleurs.

Déjà Floch, sauvé par un détour opportun, était perdu sous ses couvertures et feignait de dormir du sommeil de l'innocence.

⁂

Vint le lendemain midi. Au lieu de prendre au réfectoire leur place coutumière, Picou et Manu se dirigèrent vers la chaire du lecteur qui faisait face à la table du préfet. Il fallait se contenter pour toute pitance d'une croûte dure et fade. Rien qu'une croûte, fade comme plâtre, dure comme bois, sans même un verre d'eau. Bien sûr, à la sortie du réfectoire, avec la complicité bienveillante de l'autorité, des amis attendaient, les poches gonflées de ravitaillement. Mais cette perspective n'enlevait rien au caractère infamant de la punition. Le pain sec se mangeait, en effet, debout, sous le regard autoritaire du préfet et sous l'œil narquois ou scandalisé de quatre cents élèves. Nul ne fut étonné de voir Picou au pain sec, car le caïd de sixième avait déjà sa légende. Mais la présence, à ses côtés, du pauvre Manu, le modèle des élèves, qui avait préféré la plus grave des punitions à la honte de dénoncer un ami, fut vivement commentée !

Coude à coude, la mine piteuse, la nuque basse, Picou et Manu mangèrent leur pain sec, lentement, en refoulant leurs larmes...

Au-dehors, Floch les attendait, chargé d'un énorme paquet. Toutes les provisions accumulées dans son tiroir y avaient passé.

— Et ce n'est pas tout, révéla-t-il. J'ai encore du pain d'épice au dortoir. Et du camembert à l'étude !

Durant la récréation, Picou et Manu dévorèrent. L'étude venue, Picou continua de dévorer tandis que Manu apprenait sa leçon. Une leçon d'instruction religieuse traitant du sacrilège et que Picou eut vite fait de parcourir en trois minutes sans y déceler la moindre trace d'alarme. La classe commença, Picou mastiquait toujours.

— Vous là-bas, qui remuez les mâchoires, levez-vous, commanda le professeur.

Picou se leva.

— Citez-moi quelques cas de sacrilèges !

Picou réfléchit profondément :

— Communier en état de péché grave.

— Et encore ?

— Euh ! Faire une mauvaise confession.

— Et encore ?

Picou se gratta la tête.

— Boire du vin de messe !

Un gros rire secoua la salle.

— Il n'y a pas de quoi rire, dit Picou.

— Vous vous payez ma tête ? demanda le professeur.

— Je n'oserais pas, dit Picou.

— Et encore ? insista le professeur.

Picou, cette fois, était parvenu aux extrêmes limites de ses connaissances théologiques. Il interrogea le plafond ; regarda par la fenêtre, fronça les sourcils comme s'il fouillait les derniers tréfonds de sa mémoire. Soudain, une voix s'éleva, claire, nette et lança d'un trait.

— Voler des objets consacrés au culte.

— Parfait, opina le professeur.

Et, à Picou :

— Vous, Penhoat, vous me copierez cent fois : voler un objet consacré au culte est un sacrilège.

Picou tressaillit :

— Vous entendez?

Picou n'entendait pas. Un tremblement insolite l'agitait. Il se sentait brusquement la tête aussi vide qu'une bulle de savon et son cœur galopait fougueusement.

— Asseyez-vous, ordonna le professeur irrité.

Il s'exécuta machinalement, l'œil vague les mains moites.

— Voler des objets consacrés au culte !

Les mots terribles résonnaient à ses oreilles. Plusieurs fois, incrédule, il répéta à voix basse, la phrase fatale. Puis, pour plus de certitude, il fourra le nez dans son livre. Aucun doute n'était possible. Voler un objet consacré au culte était un sacrilège !

Il croisa les bras, atterré. Pour mener à bien son expédition, il avait volé un cierge. Un cierge est un objet consacré au culte. Il avait donc commis un sacrilège. C'était là un épouvantable forfait. Il n'était plus qu'un mécréant, tout juste bon pour les flammes les plus rouges et les plus fourchues de l'enfer.

Vingt fois pendant la récréation de quatre heures, il interrogea Floch avec angoisse.

— Tu crois vraiment que c'est grave ?

Floch tournait vers Picou sa face ronde et rose où flottait une gravité inaccoutumée.

— Le livre dit que c'est très grave !

Manu, apitoyé, venait à la rescousse.

— Si au moins tu avais pris une petite bougie !

— C'est une petite bougie que je voulais, assurait Picou.

— Et tu as volé un cierge, disait Manu.

— Un cierge de cinquante centimètres, précisait Floch, plein de compassion...

Pendant l'étude qui suivit, Picou fut incapable de travailler et même, pour une fois, de goûter au camembert de Floch. Ce qui était bien la preuve que le moral était gravement atteint. Vingt fois encore, il annonça à Floch qu'il partait se confesser. Vingt fois Floch l'encouragea vivement. Vingt fois l'énormité de son forfait l'arrêta. Enfin il prit son courage à deux mains et s'en alla frapper à la porte du professeur de première, un vieux prêtre doux et rêveur, dont il était le pénitent depuis le début de l'année scolaire. Il avait pris la résolution d'en finir le plus vite possible et d'avouer son crime dès le départ.

— Voilà dix jours que je ne me suis pas confessé ! commença-t-il d'une voix ferme.

— Et depuis ?

Picou se mit à bégayer.

— Et depuis ? répéta le prêtre les yeux clos.

— J'ai mangé du saucisson pendant l'étude, dit Picou dont l'audace s'était envolée.

— C'est tout ?

— Non, avoua Picou de plus en plus lamentable, j'ai aussi mangé du camembert !

Aucune faute n'étonne un prêtre blanchi sous le surplis. Cependant, devant un pénitent aussi curieux, le confesseur ouvrit un œil.

— C'est tout ? questionna-t-il, paternel.

— Non, balbutia Picou. J'ai commis... J'ai commis...

— C'est grave ?

— Très grave, dit Picou. J'ai commis un sacrilège.

Le mot était lâché. Lentement, il releva la tête et regarda le prêtre qui avait de nouveau fermé les yeux.

— Quel sacrilège ?

— Je n'ose pas dire, murmura Picou.

Le prêtre obliqua légèrement de son côté :

— Faites effort, dit-il doucement.

— Eh bien voilà ! révéla Picou tremblant. J'ai volé un objet consacré au culte. Une bougie, une petite bougie de cinquante centimètres...

Et, là-dessus, il éclata en sanglots...

Dix minutes plus tard, consolé, l'âme en paix, il était de retour à l'étude.

⁂

Et, la nuit, il fit un rêve merveilleux. Un vrai rêve d'enfant de sixième, un de ces rêves dont on garde toute sa vie le souvenir. Conduit en avion par Lucifer, il pénétra dans un parc immense, plein de sapins et dont l'entrée était surmontée du mot « Paradis ». Là, un ange lui remit un cierge énorme, blanc, lisse, luisant et long au moins d'un mètre cinquante. Chose singulière, ce cierge n'avait pas de mèche. Picou en fit la remarque.

— Si vous n'êtes pas satisfait, répliqua Lucifer, je vous préviens que les fenêtres sont ouvertes.

Picou se le tint pour dit, s'empara du cierge et attendit. La nuit tomba, claire, transparente, avec dans le ciel des millions d'étoiles semées à pleines poignées. Les grands sapins se dressaient avec des reflets d'argent. L'air était d'un calme surprenant. Soudain, un formidable tintamarre retentit. C'était Manu et Floch qui pénétraient dans le parc en jouant de la trompette. Et derrière eux, le Christ apparut. Il se dirigea vers Picou en souriant. C'est à ce moment-là qu'une étoile s'échappa du ciel, descendit en laissant derrière elle un sillage resplendissant et vint se poser, doucement, sur le cierge de Picou.

LA ROUE DE BEN LA CLOCHE

— Alors, compris ?

En ce matin de juillet pourtant ensoleillé, Pa Penhoat était d'une humeur massacrante. Une semaine plus tôt, menant grand train son antique voiture, il avait dérapé en prenant un virage et cassé par le milieu un poteau téléphonique. L'administration lui réclamait comme de juste des dommages et intérêts et Pa jurait tous ses grands dieux qu'il était un homme libre, qu'il ne paierait pas un centime ; et il vouait aux enfers, les ministres, les députés, les inspecteurs, les receveurs, les inoffensifs facteurs eux-mêmes. Pour finir, bien entendu, l'orage tomba sur Picou qui venait de rentrer du collège porteur de rares et maigres lauriers.

— Ah ! tu as refusé de travailler pendant l'année ! Tu as voulu faire le fonctionnaire ! Eh bien ! je me charge, moi, de t'apprendre la musique. Tu vas dès aujourd'hui, commencer tes devoirs de vacances. Entendu ?

Picou baissa la tête.

— J'en ai assez de te voir parcourir la commune en long et en large vingt fois par jour avec ta sœur à tes trousses.

Picou baissa la tête davantage.

— Je t'interdis désormais de prendre ma bicyclette. J'en aurai besoin moi-même. Les poteaux des P.T.T. sont un danger public et j'abandonne définitivement l'automobile. Si je te vois encore sur mon vélo, gare à toi !

Il accompagna sa menace d'un tour de main énergique. Picou baissa la tête jusqu'à terre. Et Pa, ayant bruyamment démontré son autorité, s'épanouit, gonfla les biceps et s'en alla d'une allure martiale en laissant son héritier profondément accablé...

Ce jour-là, au chef-lieu d'arrondissement, se tenait une réunion agricole suivie d'un banquet. Pa Penhoat devait s'y rendre. Sur le coup de dix heures, ayant déjà oublié le danger des poteaux téléphoniques, il quittait la ferme en automobile. Et, comme la perspective d'une randonnée solitaire n'était pas pour l'enchanter, il décida de se faire accompagner par un cultivateur de ses amis qui habitait à deux kilomètres. L'ami accepta. A dix heures et demie, Pa et Jean-Marie — c'était le nom du passager — s'engageaient sur le chemin de la ville.

C'était une matinée chaude et sans vent. Une poussière fine recouvrait les bas-côtés de la route et tapissait les talus. L'auto filait bon train, soulevant sur son passage des tourbillons grisâtres. Pa et Jean-Marie discutaient allégrement.

Ils dépassèrent un jeune cycliste qui se déhanchait sur un vélo beaucoup trop grand pour lui.

— Le fils Connan, dit Pa.

— Il pédale rudement vite, remarqua Jean-Marie. On voit bien que c'est l'époque du Tour de France !

— Si j'étais le père, observa Pa sentencieusement, je ne prêterais pas de bicyclette à un gamin de huit ans. Avec la circulation et tous les ânes qui conduisent...

Cent mètres plus loin, ils aperçurent une fillette, qui, la jupe au vent, travaillait sèchement du mollet.

— C'est Nat, dit Jean-Marie.

— Oui, c'est ma fille, dit Pa. Elle va sans doute aux commissions. Ce n'est pas pour vanter la famille, mais il est difficile de trouver plus serviable que Nat.

Il corna, fit un petit signe d'amitié.

Et voilà que trois cents mètres plus loin, à un détour de la route, une dizaine de jeunes cyclistes apparurent, tête baissée, roue dans roue. Un sombre pressentiment étreignit Pa Penhoat.

— Une course ! fit-il à mi-voix.

Les cyclistes menaient une allure d'enfer. Il y avait là tous les garçons délurés de la commune. Tout de suite, Pa chercha du regard un maillot jaune vif. Il n'y avait pas de maillot jaune et Pa essuya la sueur qui perlait déjà sur son front. Fait extraordinaire, Picou avait obéi aux ordres paternels.

« Il commence à me craindre, se dit Pa souriant. Mon autorité s'affermit. Ce matin, d'ailleurs, visiblement, je lui ai coupé le souffle. »

Sur la route poudreuse, la vieille Renault continuait de pétarader, doublant les coureurs.

— C'est le Tour de France, dit Jean-Marie. Je suis surpris que ton fils ne soit pas de la partie.

— Ce matin, triompha Pa, j'ai fait passer pour toujours à mon fils l'envie de courir le Tour de France. J'ai mis les choses au point une fois pour toutes. Il en était vert... Je crains même d'avoir été trop dur.

— C'est Fernand qui mène la danse, interrompit Jean-Marie. Il fonce comme un pur-sang.

Ce Fernand était un jeune fripon de la commune avec lequel Picou n'avait jamais pu s'entendre :

— Vas-y, Fernand, lança Jean-Marie. Vas-y !...

Les cyclistes avaient disparu, cachés par un coude de la route. Pa, tout guilleret, entreprit d'allumer sa pipe. Opération périlleuse. Il y apportait la plus vive attention quand soudain Jean-Marie bondit sur son siège, tendit les mains en avant et poussa un rugissement d'enthousiasme.

— Ce n'est pas Fernand qui est en tête, hurla-t-il. Il y en a un autre détaché, à deux cents mètres !

En effet, à 200 mètres, un maillot jaune vif se démenait comme un démon, roulant les omoplates, battant des jambes à une cadence phénoménale, et semant derrière lui un nuage de poussière pareil à la fumée d'une cheminée d'usine :

— Ce n'est pas possible ! s'extasia Jean-Marie. Il doit avoir un moteur sur sa bécane celui-là !

Un raidillon en forte pente se présenta. Adoptant la position dite en « danseuse », le maillot jaune se mit debout sur les pédales, absorba le raidillon en un éclair, puis bondit de nouveau dans l'espace.

— Un champion, cria Jean-Marie. Vise son coup de jarret ! Un véritable champion.

Pa Penhoat était devenu tout pâle. Le maillot jaune se rapprochait et le doute n'était pas permis. Il lâcha sa pipe et ses mains tremblantes se crispèrent sur le volant. Quand l'auto fut à dix mètres, le champion tourna la tête. Il portait visière et grosses lunettes à caoutchouc qui lui cachaient le visage.

— Je ne le connais pas ! dit Jean-Marie surpris.

— Moi, je le connais ! dit simplement Pa.

— C'est un garçon d'avenir. Dommage qu'il ait un pareil taxi.

— Le taxi, je le connais aussi ! dit Pa.

La voiture et la bicyclette se trouvèrent à la même hauteur. Et, brusquement, devenu enragé, Pa appuya terriblement sur la droite, obligeant le champion à piquer droit dans le talus. Deux cris retentirent : l'un poussé par Jean-Marie qui croyait Pa subitement pris de folie, l'autre par Picou qui cabriolait dans la douve. En deux secondes, Pa, les manches retroussées, était debout sur le bord de la route. Mais déjà Picou avait escaladé le talus.

— Descends, ordonna Pa. Tout de suite !

Picou ne broncha pas. Furieux, Pa bondit, tenta de saisir son fils par la jambe, ne rencontra que le vide et s'écrasa dans les orties.

— Bien fait ! applaudit Picou.

— Il y aura du sang, gronda Pa. Descends.

— A condition que tu me laisses partir.

— Jamais.

— C'est le Tour de France, expliqua Picou. Raisonne un peu. Comprends les choses. Je suis premier au classement général. Si tu ne me laisses pas repartir, je suis flambé !

— Je t'ordonne de descendre.

— Voyons, Pa, à ton âge ! Réfléchis. Mets-toi à ma place. Justement voilà Fernand qui arrive ! Et moi, qui, dès les premiers kilomètres, avait lancé une échappée décisive !

Fernand qui avait distancé le peloton d'une vingtaine de mètres, survenait en trombe. Il lorgna en direction de Picou, poussa un ricanement ironique, puis, après une dizaine de mètres, ricana de nouveau, et lança un magnifique pied de nez. Ce pied de nez devait le perdre.

— Quel toupet, fit Pa sidéré ! Quelle audace ! Quelle éducation !

— Laisse-moi partir, supplia Picou.

— Laisse-le partir, intervint Jean-Marie.

Le peloton passa à son tour dans un fracas de ferraille, Pa Penhoat, absorbé dans de pénibles réflexions, transpirait à grosses gouttes. Et, tout à coup, il éclata :

— File !

Picou sauta du talus, se mit en selle.

— Fille, enjoignit Pa. Et rattrape Fernand ! C'est un ordre.

Mais Picou était devenu blême.

— Qu'est-ce que tu attends pour filer ? demanda Pa.

— Crevé ! dit Picou lamentable en désignant son pneu avant Crevé ! Je suis refait ! J'ai sept minutes d'avance au classement général, mais je suis refait quand même !

— Réparons, dit Pa qui ployait sous le poids de sa lourde culpabilité.

— Inutile, fit Picou. J'abandonne. C'est de ta faute si mon pneu a rendu l'âme. Si au moins ça pouvait te servir de leçon !

Et complètement découragé, il s'assit sur le bord du chemin et larmoya :

— Jamais, je ne gagnerai le Tour de France.

— Vite les rustines ! dit Pa ; nous allons réparer.

Déjà il s'affairait, quand un bruit de pédales le fit sursauter. Picou lui aussi leva la tête. Couverte de poussière, la langue pendant d'au moins dix centimètres, semblable aux géants de la route escaladant le sommet de l'Izoard, Nat, péniblement, allait son bonhomme de chemin.

En un clin d'œil, Pa lui barra le passage.

— Nat, arrête, ordonna-t-il. Tu vas donner une roue à ton frère.

— Ce n'est pas normal de faire ça à Ben La Cloche, dit Picou.

— Comment l'appelles-tu ?

— Ben La Cloche. Elle vient d'Afrique du Nord. Il y a des coureurs de tous les pays.

— Et comment appelles-tu Fernand ?

— Coppi. C'est un Italien.

— Et toi ?

— Moi, dit Picou en bombant le torse, je suis Robic !

— Ben La Cloche, donne ta roue à Robic. Et tout de suite, commanda Pa énergique.

Mais Nat refusait de se sacrifier, trépignait, sanglotait :

— Je ne suis plus dernière. J'ai réussi à dépasser le fils Connan.

— L'honneur de la famille avant tout, décréta le père.

— Je te donnerai mes économies, ajouta Picou.

Nat céda. Picou l'embrassa tandis que Pa changeait de roue. Dix secondes plus tard, Robic ajustait ses lunettes.

— Ecoute, dit Pa Penhoat, je vais partir à une allure modérée, dans les cinquante à l'heure. Tu croches dans le coffre arrière. Cinq minutes et tu rejoins Coppi !

— Je le rattraperai seul, dit Picou.

— Profite au moins de mon sillage !

— Seul, dit Picou. Et dans un quart d'heure, je serai encore en tête...

⁂

Quand Pa rejoignit le peloton, il le serra longuement sur le bord de la chaussée pour l'obliger à ralentir. Quand il fut à hauteur de Coppi, il coinça le champion contre la douve, ricana sauvagement, le coinça encore, puis lui décocha un formidable pied de nez... Mais, subitement, la voiture, qui, jusque-là, n'avait connu aucun raté, se mit à cracher, à toussoter, à donner tous les signes d'une évidente défaillance tandis que Pa jetait sans cesse en arrière des regards inquiets.

— Que se passe-t-il ? interrogea Jean-Marie.

— Sans doute l'essence qui arrive mal bougonna Pa.

— Nous serons trop tard pour la réunion, dit Jean-Marie.

— Nous serons assez tôt pour le banquet, rétorqua Pa.

L'auto soufflait de plus belle, pétaradait, avançait à peine, et, toutes les secondes, Pa tournait vers l'arrière un visage anxieux. Brusquement, un maillot jaune surgit à l'horizon, battant du mollet à une cadence fantastique. En trois coups de pédale, le maillot jaune dépassa le peloton. Puis Coppi lui-même fut laissé sur place au prix d'un sprint époustouflant. Et le maillot jaune poursuivit sa route comme un zèbre.

— L'essence est revenue, cria Pa en bondissant d'allégresse.

Et, là-dessus, après une demi-douzaine de zigzags enthousiastes, l'auto fila grand train vers la ville.

ON N'EST PLUS DES BLEUS

A cet âge-là on se croit facilement choisi pour les grandes conquêtes. Et il était bien différent du Picou tremblant de sixième, le Picou de douze ans qui pour la seconde fois, débarquait aux portes du collège.

Tout d'abord il avait grandi : un mètre quarante au lieu d'un mètre trente. En second lieu, il traînait tout un passé d'exploits, source d'une grande considération. Picou, c'était peut-être l'un des derniers de sa classe, mais c'était quand même quelqu'un, un gaillard qui n'avait pas froid aux yeux. Et les grands eux-mêmes, lui témoignaient une estime dont il tirait la plus légitime fierté.

En outre, il ne partait plus à l'aventure. Les secrets de l'internat, il les avait depuis longtemps pénétrés et aussi tous les pièges de la discipline. Ça n'a qu'un temps la crainte des gendarmes. Les surveillants ? Bah ! Le préfet lui-même ? Peuh !

Il allait ensuite retrouver des amis. En tête Floch, bien entendu, second fidèle, lieutenant dévoué. Et Manu. Et aussi tous les élèves de cinquième, car c'était une gloire que d'être l'ami de Picou. Enfin, satisfaction peut-être la plus douce, Picou ne ferait plus partie de l'humiliante cohorte des petits. Il sautait la barrière ; son entourage serait désormais peuplé de bleus, tenus à une soumission aveugle et respectueuse et qu'il pourrait écraser de son ancienneté. Pour la première fois de sa vie, à douze ans, il s'apprêtait à étaler ses qualités de chef.

Et voilà pour quelles raisons Picou n'était pas fâché, mais pas fâché du tout, de reprendre la vie de pension. César rentrant à Rome à son retour des Gaules, n'était pas plus fier que notre jeune collégien, franchissant à la fin des vacances les lourdes grilles de l'internat.

Il avait toutes les apparences d'un chef de guerre. Pas martial et dégagé. Buste cambré. Torse bombé, mains profondément enfoncées dans les poches du pantalon, moue dédaigneuse et blasée, béret audacieusement penché sur l'oreille droite... Oui rien qu'à le voir on sentait chez ce jeune garçon de douze ans, une conscience précise de son importance nouvelle. Lorsque la vieille Renault de plus en plus poussive et bosselée avait repris la direction de la ferme, Pa s'était assuré que la malle arrière était bien vide. Peine perdue. Déjà Picou sacrifiait à ses charges d'élève de cinquième. En compagnie de Floch et Manu, il était attablé dans un café de la ville.

Quelque peu intimidés, ils avaient choisi pour s'asseoir le coin le plus obscur de la salle.

— Qui va commander la boisson ? interrogea Floch, anxieux.

— Moi, dit Picou.

Et frappant la table avec énergie.

— Madame !

La patronne apparut. Picou la fixa d'un œil intrépide.

— Trois bières, dit-il ; et avec de la mousse.

La patronne ouvrit de grands yeux et partit vers sa cave.

— La même chose ! ordonna Floch.

— Remettez-nous ça ! fit Manu.

Une véritable nouba ! Et pour corser le tout du tabac sans arrêt. Des ninas, s'il vous plaît, des cigarillos ! Au retour les trois mousquetaires avaient les yeux brillants, la langue pâteuse et le cœur à l'envers. Néanmoins profitant de la nuit tombante ils fumèrent sans arrêt jusqu'à la grille. Ils venaient d'éteindre leur ultime mégot quand soudain le tempérament terriblement précoce de Picou éclata :

— Hé les gars ! Si on allait voir les filles !

La terre en trembla de Lannion à Madagascar. Floch et Manu se regardèrent pétrifiés.

— Les filles ! bégaya Manu.

— Les filles ! murmura Floch.

— Oui, les filles de la « Providence ».

La Providence c'était le pensionnat féminin distant de deux cents mètres.

— Moi je rentre, dit Manu.

— Tu as peur ! lança Picou méprisant.

— Non, dit Manu ; les filles ça ne m'intéresse pas ! Je rentre.

— Moi j'y vais, dit Floch.

— Alors en route ! commanda Picou.

Tandis que Manu disparaissait, ils prirent la direction de La Providence, bras dessus, bras dessous. Et, comme tous les hommes qui partent sur le sentier des conquêtes féminines, ils se mirent à chanter à pleins poumons. Les passants se retournaient pour mieux les voir et une telle curiosité décuplait leurs ressources vocales... Et ils s'en allaient bras dessus, bras dessous, célébrant comme de bien entendu, la gloire du sexe fort, en des couplets d'une haute valeur littéraire.

A Lannion, sur les pavés
La Faridondaine
Il y avait un cordonnier
La Faridondé

Qui battait sa femme
A coups de rabadi, rabadaou
Rabadi, bidi, bidaou
Rabadi, daou, daou, boum !
Qui battait sa femme
A coups de balai...

Leur voix s'apaisa, puis s'éteignit lorsque le clocher de La Providence se dessina tout près dans les ténèbres. Leur cœur tout à coup s'était mis à battre d'une manière endiablée. Ils sentaient bien l'un et l'autre, qu'ils bondissaient par-dessus les dernières barrières, qu'ils commettaient une action décisive sur laquelle plus jamais ils ne pourraient revenir.

— Laisse-moi faire, dit Picou, ferme et résolu.

La nuit était opaque. Les murs de La Providence atteignaient trois mètres de hauteur. Au-delà pas un bruit.

— Attention aux Sœurs ! prévint Floch.

L'instant était pathétique. Déjà Picou plein d'une résolution farouche, approchait du mur. Il marchait silencieux, penché en avant, pénétrant l'obscurité de coups d'œil hardis. Il approcha du mur, tandis que Floch à dix mètres, se sentait défaillir. Il approcha plus près encore. Et soudain, de toutes ses forces, il cria :

— Coucou les mignonnes !

Puis il partit ventre à terre, épouvanté de son audace et suivi de Floch, qui pour une fois, filait comme le vent. Ils regagnèrent le collège par des chemins détournés afin de brouiller les pistes en cas de poursuite.

Bien entendu, l'histoire fit le tour de la cinquième et fut longuement commentée.

— Chacun la sienne ? interrogea Manu incrédule.

— Parfaitement, chacun la sienne ! assura Picou.

— Et il y avait le choix ! précisa Floch...

C'est ainsi qu'en pays Trégorrois où l'imagination est reine on passe en quelques heures de l'histoire à la légende.

⁂

Au lendemain de ce retour mouvementé au bercail, Picou, flanqué de Floch évidemment, fit l'inspection des bleus. D'abord les bleus de sixième, au maintien réservé, au visage candide, tous tondus à neuf et qui se regardaient timides, hésitants.

— Non mais, les bleus ! On se croit déjà un député ! Ça vient d'arriver et ça ne sait même pas être poli !

Vingt fois, distribuant des coups de coude, Picou se fraya un chemin entre les groupes immobiles.

— D'où es-tu toi ? demanda Picou.

— Oui, dis-nous donc d'où tu viens ? surenchérissait Floch.

— De Plouzélambre, marmottait le bleu éperdu.

— Eh bien ! ils sont jolis les gars de Plouzélambre, lançait Picou.

— Ils en ont une bobine ! ricanait Floch...

Pour se faire respecter, ils faillirent même en une occasion avoir recours à la force. Picou s'entretenait avec Floch lorsqu'un bleu croyant que la parole lui était adressée, osa demander tremblant, respectueux.

— Qu'est-ce que tu dis ?

— Silence ! ordonna Picou.

— La paix ! grinça Floch.

Le bleu soulagé fila sans demander son reste. Mais Picou et Floch le rejoignirent.

— Dis-moi, commença Picou, tout à l'heure tu nous as interrompus. Je n'ai peut-être plus le droit désormais de parler à un ami ?

— Oui, dis-nous, insista Floch menaçant, on n'a peut-être plus le droit désormais de parler à ses amis.

Le bleu manifestement dépassé par les événements,

dirigeait vers les deux compères un regard à la fois peureux et ahuri.

— Parce que, tu comprends, fit Picou, si à partir de cette année on n'a même plus le droit de parler à ses copains, il faudrait le dire.

— Et on pourrait s'arranger ! et tout de suite ! Car on est des amis Picou et moi, tu comprends ? rugit Floch en secouant les épaules du malheureux.

Celui-ci submergé, s'était mis à sangloter. Picou qui avait l'âme généreuse en eut pitié.

— Donne une cigarette, proposa-t-il et c'est fini !

— Justement, fit le bleu soulagé, j'ai des Américaines.

— Du foin, dit Floch méprisant ; on n'en veut pas.

— Passe-les quand même dit Picou, je les donnerai à ma sœur.

— Parce que mon ami a une sœur, précisa Floch. Mais surtout ne va pas t'imaginer que c'est pour ta pomme ! Allons en route !

Le bleu disparut à toutes jambes, cependant que Picou et Floch embrassaient la cour entière de ce regard dominateur que l'on voit à tous les jeunes coqs de ferme...

Après avoir fait l'inspection des bleus de sixième, Picou et Floch lassés d'une trop facile domination se lancèrent dans un inventaire beaucoup plus périlleux : celui des bleus des grandes classes. Et c'est ainsi, qu'à la sortie du réfectoire, Picou découvrit un nouveau sensationnel, grand comme un hêtre, solide comme une tour, et dont les mains étaient de véritables battoirs. Ce nouveau qui faisait deux fois la taille de Picou, s'appelait Boussaron et venait d'entrer en première. Entre autres singularités, il possédait des cheveux coupés ras, et surtout un nez large, osseux et superbement recourbé à son extrémité. Sans doute à cause de ce nez immense, il était affligé d'un défaut de prononciation bizarre ; il avalait toutes les consonnes et les remplaçait par des « h » fortement aspirés.

— Viens, dit Picou à Floch ; je vais lui demander son nom.

Tandis que Floch se tenait à distance, Picou avança. Il s'arrêta à un mètre du géant et, pour fixer, fut obligé de dresser la tête droit vers le ciel. A mi-chemin entre la terre et les nuages il rencontra le visage de Boussaron.

— Alors le bleu ça va ?

Lentement Boussaron courba la nuque, à son tour il examina Picou dont la tignasse atteignait juste sa ceinture.

— Ha ! ha ! dit-il souriant.

— Salut ! fit Picou en tendant la main.

— Ha ! hu ! fit Boussaron en se baissant pour prendre la main tendue.

— Quel est ton nom ?

— Hu-ha-hon, fit le bleu en frétillant du nez.

— Picou sursauta :

— Qu'est-ce que tu dis ?

— Hu-ha-hon, répéta le bleu en frétillant du nez. de plus belle.

Picou cligna de l'œil à l'adresse de Floch et pouffa de rire. Ce que voyant, le bleu se renfrogna soudain et fronça les sourcils. Picou s'apprêtait à détaler. Mais Boussaron, débonnaire, se contenta de hausser les épaules et s'en fut en traînant la jambe.

— Et alors ? questionna Floch empressé.

— Hu-ha-hon ! s'esclaffa Picou.

— De quoi ?

— Hu-ha-hon ! fit Picou en frétillant du nez...

A la récréation suivante Picou vint à nouveau se planter face à Boussaron. Floch, qui désirait entendre de ses propres oreilles se posta à trois mètres.

— Alors le bleu ça va ? interrogea Picou bon enfant, en levant la tête vers les nuages.

Boussaron feignit de ne pas avoir entendu.

— Et alors, fit Picou vexé. On se croit déjà un tonton ! On ne peut plus être poli !

Cette fois Boussaron tendit le cou et fit descendre vers le sol un regard dénué de douceur. Sa lèvre s'était légèrement crispée et il ne prit pas la main qui lui était tendue. Picou glissa un clin d'œil furtif vers Floch et le nez en l'air, la mine innocente demanda :

— Comment t'appelles-tu ? Je ne me souviens plus. Quel est ton nom ?

Il s'apprêtait déjà à glousser. Mais soudain le pied de Boussaron partit avec la rapidité d'un boulet de canon. Picou bondit, évita le choc d'extrême justesse et détala pleins gaz, avec le bleu sur ses talons. Dans un éclair il dépassa Floch qui lui aussi fuyait comme un cyclone. Un moment le bruit des pas derrière lui s'étant affaibli, Picou crut qu'il avait distancé son ennemi. Mais bientôt les pas de Boussaron se firent de nouveau très proches. Une formidable tenaille saisit Picou aux épaules. Un poing énorme tournoya au-dessus de sa tête. Il crut sa dernière heure venue, ferma les yeux et recommanda son âme à Dieu. Fort heureusement, Boussaron, comme tous les géants, avait l'âme faible. Il se contenta de frétiller du nez avec frénésie et de donner un solennel avertissement.

— Hi-hu hiens enhore me chercher des histoires, hu est un homme mort.

Sur ce, satisfait il tourna le dos et s'en alla d'une allure chaloupée, tandis que Picou, à voix basse lançait trois fois un « sale bleu » rageur et lourd de vengeance.

Trois minutes plus tard, Floch rejoignait son ami.

— Je n'ai pas eu peur, fit Picou. Je lui ai dit « sale bleu ».

— Et il ne t'a rien fait ?

— Rien.

— Pas une gifle ?

— Non.

— Pas même un coup de pied.

— Non.

— Ça m'étonne. Car moi j'en ai reçu deux.

Picou le regarda stupéfait :

— Je filais comme un zèbre, expliqua Floch. Tout à coup : Vlan ! vlan ! un de chaque côté.

— Ça l'a sans doute calmé, opina Picou.

— Sans doute, dit Floch, écho fidèle, en se frottant l'arrière-train.

A quelques mètres, alignés contre un mur, des bleus de sixième conversaient.

— Il n'y a personne parmi vous à s'appeler Hu-ha-hon ? interrogea Picou.

— Si quelqu'un parmi vous s'appelle Hu-ha-hon qu'il me le dise tout de suite, précisa Floch.

Aucune voix ne s'éleva pour répondre.

— Heureusement, dit Picou.

— Car son compte était bon, expliqua Floch en lançant des flammes.

— Mort à Hu-ha-hon, dit Picou.

— Mort à tous les bleus, dit Floch.

Et sur ces paroles belliqueuses ils s'éloignèrent en laissant derrière eux un long sillage de terreur...

LES DEUX GRILLONS

A l'étude, ce soir-là, il y avait soixante élèves, un surveillant et deux grillons tout au fond de la case de Picou, dans une boîte de carton.

Les grillons étaient enfermés dans une boîte, tout au fond de la case de Picou. C'étaient d'alertes grillons, aux antennes fines et souples, aux longues pattes d'araignée, au corset noir et luisant, aux ailes transparentes et bleutées. On devinait facilement à leur mine prospère qu'ils arrivaient en droite ligne de leur campagne natale. Picou les avait capturés l'après-midi même, durant la promenade, tandis que Floch cueillait la fraise des bois. Il n'avait mis personne dans le secret de leur présence à l'étude, pas même Floch ; surtout pas Floch car Picou, ce soir-là, nourrissait pour la première fois de noirs desseins à l'égard de son ami.

La vieille amitié avec Floch commençait, il faut bien le dire, à lui devenir pesante. Le Picou de cinquième était un personnage. Une manière de notable. La classe reconnaissait en lui son indiscutable porte-drapeau. Picou, c'était le caïd de l'indiscipline, le roi des farces et des mystifications ; c'était en outre, et peut-être surtout, le champion du cent mètres et le capitaine respecté des équipes de football et de volley-ball. L'accumulation de pareils titres rend parfois bien embarrassante l'amitié d'un Floch toujours enveloppé de flanelles et de caleçons et dont l'allure n'avait rien de particulièrement sportif. L'appétit de Floch était légendaire. Il mangeait sans arrêt. Il avait des provisions partout, au réfectoire naturellement, mais aussi à l'étude et au dortoir. De sa personne émanait toute l'année une odeur caractéristique de chocolat, de saucisson, de crêpes ou de camembert. Mangeant sans arrêt, il n'arrêtait pas de grossir. Son visage était rond, rouge et luisant. Il n'avait presque pas de cou. Quant à sa bedaine, elle était déjà bien apparente, sollicitant irrésistiblement les regards et faisant l'objet de constantes plaisanteries. C'eût été un miracle que Floch n'héritât pas d'un surnom. Le miracle ne se produisit pas. Toute la cinquième un beau jour, appela Floch, « Chanoine, » en raison de son imposante corpulence et de la solennité de sa démarche... Picou n'était pas très fier d'être l'ami de Floch quand on l'appelait Chanoine.

En outre, Floch, bon garçon élevé dans les jupes maternelles, faisait preuve d'une naïveté peu commune qui ne manquait pas d'agacer Picou, lequel, depuis longtemps, se considérait comme un affranchi. Floch ouvrait sans cesse sur le monde des yeux étonnés ; il s'exclamait à tout propos et hors de propos ; il riait de tout et de rien ; le plus petit malheur survenu à autrui lui arrachait des larmes. Il possédait le privilège de passer près du mal sans le voir et le collège lui apparaissait comme peuplé d'une armée de braves garçons, tous ses frères. En tête de cette armée, il plaçait naturellement Picou qu'il suivait du matin au soir comme son ombre et pour lequel il se fût jeté dans la rivière voisine, sans hésitation. Et si profonde était son amitié pour Picou, qu'il n'était pas loin de se croire lui aussi, le roi de la cinquième, le champion du cent mètres et le capitaine des équipes de foot-ball et de volley-ball. A tout venant, il répétait : « Picou, c'est mon frère ! ». Et cela aussi, à la longue, devenait irritant...

Donc tout au fond de la case de Picou, ce soir-là, il y avait deux grillons aux ailes bleutées.

La case de Picou et celle de Floch communiquaient par un tunnel creusé dans le bois, tunnel que Floch utilisait pour faire passer à Picou des morceaux de chocolat ou de camembert. Un quart d'heure après le commencement de l'étude, Picou, sournoisement, avec des précautions infinies, ouvrit la boîte de carton, saisit les grillons, les plaça aux abords du tunnel. Les deux bestioles hésitèrent quelques instants, tournèrent en rond, puis, attirées par les odeurs alléchantes que dégageait la case de Floch, s'y engouffrèrent à toute vitesse. Picou attendit le cœur battant. Floch comme bien souvent pendant les études, somnolait.

Tout d'abord rien ne se produisit. Les grillons étaient plongés dans un complet mutisme. Et Picou se demandait avec anxiété s'ils n'avaient pas cédé, après ripaille, aux joies de la sieste, quand, tout à coup, un bruit léger, pareil au timide pépiement d'un oisillon se fit entendre. Picou se plongea dans ses livres. Floch continuait de somnoler.

Le bruit s'éleva de nouveau, plus clair, plus vif.

« Ça ne peut tarder » songea Picou.

Floch somnolait toujours.

Et, soudain, deux notes enjouées éclatèrent, deux « cri-cri », heureux, satisfaits, repus. Et ces deux notes étaient à peine éteintes qu'un rire énorme secoua tous les bancs et que les élèves dans un ensemble parfait, se tournèrent vers le fond de l'étude, en direction de Picou. Floch sursauta.

— Qu'est-ce qui se passe ?

— Des grillons ! murmura Picou.

— Fameux ! répondit Floch. On va rire !

Il frétilla d'aise, et ouvrant la bouche toute grande, poussa, dix secondes après les autres, un long gloussement joyeux qui monta en cascade vers le plafond.

— Silence ! ordonna le surveillant.

Le calme revint. Sur les feuilles de copie les plumes trottinèrent. Dans la case de Floch, les grillons alarmés par l'explosion de rire se taisaient eux aussi.

Et brusquement, ils se remirent à chanter avec une énergie décuplée. L'étude, à nouveau, s'esclaffa. Floch se frotta les mains et sourit avec ravissement :

— Je crois qu'ils sont tout près, souffla-t-il.

— Je crois qu'ils ne sont pas loin, dit Picou.

— C'est toi qui les as, n'est-ce pas ?

— Non !

— Ça m'étonne ! dit Floch.

Le surveillant, cette fois, était vivement descendu de sa chaire, et, le sourcil bas et sévère, inspectait sans mot dire le fond de l'étude.

— Il nous regarde, prévint Floch, la bouche fermée, en feignant d'écrire avec rage.

Picou ne répondit pas. Un spectacle inattendu excitait au plus haut point sa curiosité. Pour aérer son pupitre, qui au lendemain des visites paternelles se transformait en véritable épicerie, Floch avait creusé, au prix de bien des sueurs, un grand nombre de trous sur le devant de sa case. Or, à l'une de ces ouvertures, un grillon venait d'apparaître. Il mit le nez à la fenêtre, tout doucement d'abord, comme étonné de se trouver au grand jour ; puis il pointa les antennes avec audace, tendit les pattes, glissa le long du bois, rencontra le pantalon de Floch à la hauteur de la cuisse, marqua un temps d'arrêt, et fut bientôt rejoint par le second grillon. Floch, appuyé contre son pupitre, ne pouvait rien voir du spectacle.

Bientôt les deux grillons se mirent en marche. Le bedaine de Floch se présentant sous la forme d'une demi-lune difficilement franchissable, ils amorcèrent un large détour et remuant les pattes avec diligence poursuivirent leur ascension par le dos. Ils firent halte à la naissance des omoplates et tournèrent la tête dans toutes les directions, jouissant visiblement de la lumière et de la liberté retrouvées. Picou, à cet instant, eût dû intervenir. Un geste rapide, et il récupérait sans dommage les deux grillons. Il ne broncha pas. La pensée de la catastrophe qui allait s'abattre sur Floch le laissait indifférent ; bien mieux, une sorte de joie mauvaise l'envahissait à l'idée de faire rire l'étude aux dépens de son ami.

En dépit du silence, on sentait les esprits très excités. Les élèves attendaient avec impatience l'occasion d'une nouvelle clameur. Le surveillant menait entre les bancs une ronde sagace. Picou, à la dérobée, épiait les grillons. Quant à Floch, il écrivait toujours avec frénésie, répétant entre les dents : « Les pions sont des cornichons... Les pions sont des cornichons, » et maugréant : « Mais quand donc vont-ils se remettre à chanter pour qu'on s'amuse un peu ! »...

Tout à coup, des crépitements aigus et redoublés retentirent, une longue suite de cri-cri déchaînés et gonflés d'enthousiasme. Floch fit un saut effrayant. Un rire fantastique déferla dans la salle qui, tout entière, braqua le regard vers Picou. Le surveillant bondit comme la foudre.

— C'est vous ! dit-il terrible.

— Non ! protesta Picou sèchement.

— C'est vous alors ?

— Moi ! protesta Floch avec une ironie digne et tranquille. Il ne faut quand même pas abuser !

Et croisant les bras, il embrassa les élèves du regard.

— Elle n'est pas mauvaise, celle-là !

— C'est l'un d'entre vous, gronda le surveillant.

J'ai localisé le bruit avec certitude. Que le coupable se dénonce !

Sous l'empire de la colère, son visage se colorait de teintes écarlates. Et soudain, il pâlit ; ses yeux s'agrandirent démesurément... Les deux grillons, après avoir repris leur course venaient d'atteindre l'épaule droite de Floch et se tenaient côte à côte, sans bouger, comme atterrés par le vacarme.

— C'est vous ! rugit le surveillant, en fusillant Floch du regard.

— Non, monsieur !

— Ce n'est pas vous ?

— Non monsieur !

— Quelle audace ! Répétez !

— Ce n'est pas moi, monsieur.

La main du surveillant traversa l'air :

— Ceux-ci, alors d'où viennent-ils ?

— Ce n'est pas moi ! hurla Floch affolé.

— Deux heures de piquet !

— Ce n'est pas moi ! gémit Floch.

— A la porte !

— Ce n'est pas moi ! bégaya Floch lamentable, en se dirigeant vers la sortie sous un tonnerre de rires...

Picou riait plus fort que tous les autres. Et l'idée ne lui vint même pas de se dénoncer.

⁂

— Ils étaient à toi, les grillons, n'est-ce pas ? demanda Floch à Picou alors qu'à la fin de l'étude les élèves marchaient en rang vers la chapelle.

— Je t'ai déjà dit que non, assura Picou en colère.

— Je vais faire une enquête, glapit Floch. Et si je découvre le coupable, gare à lui !

« Vraiment, ils n'étaient pas à toi, les grillons ? insista Floch.

— Pourquoi te répondre, se récria Picou. Puisque tu ne crois même plus ton meilleur ami.

— Ecoute, reprit Floch. J'en ai assez. Je suis toujours puni à la place des autres. Je ne dirai pas ma prière ce soir. Il n'y a pas de justice !

— Tu as raison, appuya Picou avec une amertume simulée. A ta place, j'aurais fait de même. Il n'y a pas...

Le temps lui manqua pour achever sa phrase. Dissimulé dans un recoin obscur, le Préfet venait de surgir et de lancer en avant un tir du droit précis et vigoureux. Médusé, Picou se retourna :

— Deux heures de piquet, murmura le Préfet. Bavard incorrigible ! Deux heures de piquet !

Et, quelques minutes plus tard, quand ils furent agenouillés l'un près de l'autre à la chapelle :

— Prions, dit Picou à Floch, il y a une justice !

Là s'arrêtèrent ses aveux. Floch ne put en savoir davantage. Par contre, le lendemain, Picou se chargea d'apprendre à ses camarades de foot-ball que les grillons étaient sa propriété. Flatteurs et serviles, les camarades applaudirent... C'était la première fois que Picou faisait ricaner ses camarades aux dépens de Floch, de son vieil ami Floch que lui-même, sous le manteau, commençait maintenant à appeler Chanoine.

ÇA SENT LE SAPIN

Classe hebdomadaire d'instruction religieuse. Une leçon sèche et sévère sur les dignités ecclésiastiques. Floch, assis près de Picou, suivait les événements d'un œil vague et ensommeillé. Trois élèves avaient déjà subi les feux de l'interrogatoire. Leurs réponses évasives avaient déclenché la mauvaise humeur du professeur et sa voix chargée de menaces révélait que ce n'était pas l'instant de rire...

— Floch, au tableau !

Floch lança un regard désespéré vers son livre essayant d'embrasser en une seconde toute la science accumulée dans le chapitre.

— Plus vite !

Floch quitta son banc précipitamment et trottina vers le tableau, soulevant sur son passage un puissant courant d'air. Rien qu'à le voir ainsi trottiner, toute la classe s'esclaffa.

— Vous avez appris votre leçon ?

— Oui, monsieur.

— Nous allons voir !

Le professeur examina Floch des pieds à la tête. Floch regardait le professeur avec une évidente anxiété.

— La leçon porte sur les dignités ecclésiastiques.

— Oui, monsieur.

— Eh bien ! supposez que vous soyez chanoine...

Les élèves ne réalisèrent pas tout de suite ce qui venait de se produire et il y eut dans la classe une seconde de stupeur. Puis ce fut le délire, un invraisemblable chahut, toute une gamme de cris, de rires, de hurlements. Floch était devenu livide.

— La paix ! hurla le professeur ! Je veux la paix !

Le silence se rétablit. Le professeur se tourna vers Floch, toujours blême, et que les élèves regardaient comme un phénomène, avec au coin des lèvres un sourire ironique.

— Supposez, je le répète, que vous soyez un chanoine...

Pour la seconde fois, un tumulte terrifiant éclata. Des élèves applaudissaient ; d'autres faisaient claquer leur pupitre ; d'autres lançaient des pieds de nez, tiraient la langue et criaient, sur l'air des lampions : « Chanoine, Chanoine !... » Floch, planté près du tableau, immobile, avec dans les yeux un immense désespoir, semblait comme atterré par un irréparable désastre. On le sentait tout près des larmes. Plusieurs fois il regarda en direction de Picou, comme pour chercher le salut, mais Picou trépignait sur son banc et criait : « Chanoine... Chanoine ! » lui aussi.

— La paix ! hurlait le professeur, qui, manifestement, n'y entendait rien. Je veux la paix ! J'aurai la paix !

La paix finit par revenir. Le professeur prit Floch à partie.

— Pourquoi ces rires ?

Floch baissa la tête.

— Pourquoi ces rires ? Répondez !

La classe à nouveau s'agitait.

— Je vous punis, si vous ne répondez pas !

Alors, Floch, péniblement, répondit :

— On m'appelle Chanoine, monsieur !

Et là-dessus, il regagna sa table, lentement, la tête

toujours baissée, tandis que les élèves clignaient de l'œil et riaient sous cape...

Floch passa le reste de la journée tout seul. Il sentait en lui comme un grand écroulement et il n'avait envie de parler à personne, sinon à Picou. Mais Picou le fuyait, l'évitait, feignait de ne pas l'entendre. Et Floch se sentait triste et meurtri. Pendant l'étude, il ne toucha même pas au saucisson qu'il avait dans sa case.

La nuit, heureusement, se chargea de balayer sa tristesse et, le lendemain, il se retrouva sociable et d'excellente humeur. Il ne savait pas garder rancune et, oubliant ses griefs, il se mêla de nouveau à ses camarades. De là, allait naître une catastrophe encore plus terrible que la précédente.

Il pleuvait. Sept ou huit élèves désœuvrés, dont Picou et Floch, s'étaient rassemblés dans un coin du préau. La conversation errait lugubrement quand, brusquement, un élève souleva une question épineuse et troublante : l'origine des enfants. L'intérêt, aussitôt, rebondit. Les élèves de cinquième avaient sur le problème des opinions différentes. Tous cependant s'accordaient pour attribuer à la femme un rôle déterminant en la matière. Tous, sauf Floch, qui ne prononça pas une parole et qui attendit l'étude pour dire à Picou :

— Vous n'y connaissez rien !

Picou se sentit blessé.

— Vous n'y connaissez rien, répéta Floch. Je sais moi, d'où viennent les enfants !

— Raconte, fit Picou, curieux.

— Pas maintenant, répondit Floch. Je le dirai à la récréation prochaine.

Sur-le-champ, Picou fit passer à travers l'étude un billet ainsi conçu. « Floch sait d'où viennent les enfants. Il le dira à la récréation de quatre heures sous le préau. » Cette annonce fut, bien entendu, d'une remarquable efficacité et à quatre heures, ils étaient sous le préau, une quarantaine d'élèves, entourant Floch. L'atmosphère était fiévreuse. Chacun sentait bien que les brumes les plus opaques, allaient, d'un seul coup, s'évanouir. Floch, conscient de son importance nouvelle, faisait peser sur l'assemblée un regard de prophète.

— Et alors? questionna une voix.

— Parfaitement, je sais ! assura Floch.

— Dis-nous. D'où ils viennent les enfants ?

— Du *Bon Marché*, à Saint-Brieuc.

Le préau faillit crouler sous les rires. Mais Floch ne se tint pas pour battu.

— Ils viennent du *Bon Marché* ! Je suis sûr ! C'est ma mère qui me l'a dit.

Les élèves pleuraient d'hilarité. Floch eut soudain le sentiment qu'il venait de prononcer une ânerie monumentale. Il chercha appui auprès de son ami.

— N'est-ce pas Picou, c'est vrai ?

Picou sourit, méprisant. Dans le silence, sa voix s'éleva, hautaine, dédaigneuse :

— Innocent... Pauvre innocent !

L'assistance éclata de rire, de ce rire servile qui accompagne toujours les réflexions des puissants. Floch, désemparé, ne sut que répondre. Il lutta un instant pour refouler ses larmes. Puis sa gorge se noua et il se mit à pleurer doucement. Déjà, Picou et sa bande s'étaient éloignés, toujours ricanant. Floch, seul dans son coin pleura durant toute la récréation.

C'est alors qu'éclata la guerre. Et devant Dieu comme devant les hommes, Picou et Picou seul, en porte la lourde responsabilité. Floch en effet, poussa les concessions jusqu'aux extrêmes limites. Une tablette de chocolat vint à disparaître de sa case au réfectoire. Il ne dit rien. Une seconde tablette subit le même sort, ainsi que deux douzaines de crêpes. Il se tut encore, se refusant à donner des proportions d'abîme infranchissable au fossé qui le séparait de son ami, préférant des humiliations qu'il espérait temporaires aux tristesses d'une rupture définitive.

Mais la rupture vint quand même. Dans son pupitre, Floch cachait une magnifique andouillette, une merveilleuse andouillette, grasse, luisante, cuite à point, et au fumet incomparable. L'andouillette disparut à son tour. Floch se fût peut-être, une fois encore, obligé au silence. Mais il surprit Picou et trois de ses camarades qui s'apprêtaient à déguster son bien à l'ombre d'un marronnier. A moins de paraître couard à tout jamais, il se devait cette fois d'intervenir. Et il intervint.

— Donnez-moi mon andouillette, ordonna-t-il.

Sans un mot, Picou qui tenait en mains l'objet de délit, le partagea en quatre morceaux.

— Je veux mon andouillette, implora Floch.

Les quatre morceaux furent avalés à une vitesse record sous les yeux de Floch consternés.

— Elle était à moi, gémit-il. C'était mon andouillette.

— Tu nous fatigues avec ton andouillette, riposta Picou. D'ailleurs, si tu n'es pas content, on peut s'expliquer tout de suite.

Joignant le geste à la parole, il retroussa les manches, imité sur-le-champ par ses trois compagnons. Floch, prince de l'indolence et du demi-sommeil, n'était pas fait pour les batailles. Du reste, même en cas de victoire certaine, le cœur lui aurait manqué pour faire mal à Picou. Il préféra s'enfuir doublement vaincu et une fois de plus profondément meurtri. Le rire gras et moqueur de Picou le poursuivit, lui serrant douloureusement le cœur.

Cette fois, la discorde s'installa, définitive, entre les deux camarades, et elle appartenait bien au passé, leur vieille, leur belle amitié. Fini le temps des confidences, des petits services mutuels, des gourmandises et des exploits partagés. Ils étaient fâchés à mort. Ils ne se regardaient plus, ne s'adressaient plus la parole, ne copiaient même plus leurs devoirs l'un sur l'autre. A l'étude, entre lui et Floch, Picou avait disposé une barricade infranchissable de dictionnaires, de livres, de plumiers. Quand Floch jetait un coup d'œil en sa direction, Picou tirait la langue. Quand Picou tournait la tête vers Floch, ce dernier aussi tirait la langue... Oui, c'était la guerre. Et toute la cinquième suivait avec passion les péripéties du conflit.

Quand ils communiquèrent, ce fut désormais au moyens de notes, qui, à vingt mètres, sentaient la poudre.

« Il y a trois mois, je t'ai prêté une fermeture-éclair qui coûtait 10 francs. Rends-là moi ou donne-moi les 10 francs pour demain midi, dernier délai. Sinon, je raconte tout au préfet.

« Signé : Floch. »

« Raconte tant que tu voudras. Je m'en balance.

« Signé : Picou. »

« Regarde page 1102 du dictionnaire Larousse. Le dix-septième mot de la première colonne de gauche.

« Signé : Floch. »

Le dix-septième mot de la colonne de gauche, page 1102, était voleur.

« Regarde page 317 du dictionnaire Larousse. le onzième mot de la deuxième colonne à droite.

« Signé : Picou. »

Le onzième mot de la deuxième colonne de droite, page 317 était cornichon...

Bientôt l'offensive se développa, prit des allures de campagne de grande envergure. Comme il fallait s'y attendre, la ville natale et la famille reçurent leurs parts de projectiles.

Les habitants de Tréguier
Sont des pompiers !

Signé : Picou.

Les habitants de Louannec
Sont des blancs-becs.

Signé : Floch.

Les habitants de Tréguier
Sont des casse-pieds.

Signé : Picou.

Les habitants de Louannec
Sont des pète-sec.

Signé : Floch.

— Tu es prié d'être poli. Si tu me traites encore de pète-sec, je te mets mes cinq doigts sur la figure.

— Si tu me touches, je le dirai à mon père.

— Tu me tapes sur le haricot avec ton père.

— Il te tirera sur les oreilles.

— En tout cas, mes oreilles ne sont pas si longues que les tiennes.

— Pan ! Pan ! *(Coups de chaussons sous la table.)*

— Pan ! Pan ! *(Autres coups de chaussons sous la table.)*

... Et ainsi tous les jours. Et même plusieurs fois par jour. Les belligérants faisaient preuve d'une hargne inépuisable et la lutte promettait de durer cent ans. Mais un esprit un peu perspicace aurait vite deviné chez Floch des signes de lassitude. Le combat, en effet, était inégal. Picou, seigneur de la cinquième, avait gardé tous ses amis, ce qui était pour lui d'un appui moral solide. Floch, au contraire, était seul. Nul n'aurait osé lui parler de crainte d'encourir les foudres de Picou. Il était seul, terriblement seul.

Et sa solitude le rendit vite terriblement malheureux. Dans ses vastes réserves, les provisions s'accumulèrent et il n'eut même plus le courage d'en savourer les odeurs. Comble de malheur, il tomba malade. Il toussa à fendre l'âme et les bâtiments du collège, à sa toux déchirante, résonnaient jusque dans leurs fondations. Il ne mangeait plus, geignait sans arrêt et coulait à vue d'œil. Lui, si gras, si dodu, si rose, dont le ventre, naguère, se gonflait doucement comme un fruit que mûrit l'été, il maigrissait, se desséchait, perdait son vernis et présentait le spectacle le plus désolant qui fût au monde. Le moral, visiblement, était atteint. Le physique aussi, non moins visiblement. Pendant ce temps, Picou ricanait et mangeait comme un cannibale...

Pauvre Floch ! Souffreteux, expirant, il menait son petit train de malade sans ami, s'arrêtant soudain pour comprimer sa poitrine de ses deux mains moites et pour tousser. Le soir, dans son lit, il tournait le dos à Picou et toussait de plus belle, si fort qu'il finissait par se croire à l'article de la mort. Il en était tout triste. Et il se répétait hargneusement :

— Je suis triste parce que je vais mourir et non parce que j'ai perdu un ami.

Pendant ce temps, Picou, tout près, ronflait comme un pêcheur d'Islande...

Et Floch préféra capituler. Il abandonna le champ de bataille pour faire un stage à l'infirmerie. Mais le temps qu'il y passa lui parut si long, si monotone que, bientôt, il reparut, toussant de plus en plus fort.

C'est alors que Damany vint à lui. Damany était un externe, fils de pharmacien. Un grand gaillard au nez pointu, aux yeux ronds comme des billes. Depuis quelques jours une intimité de tous les instants le liait à Picou.

Donc, Damany vint à Floch et le prit par le bras.

— Ça sent le sapin ! fit-il, funèbre.

Floch tourna sa face livide où la peau flottait lamentablement.

— C'est avec le sapin qu'on fabrique les cercueils, reprit Damany de plus en plus funèbre. Et ça sent le sapin !

Paroles redoutables, effrayantes, d'autant plus effrayantes qu'un fils de pharmacien hérite tout naturellement des lumières paternelles en matière de prévisions mortuaires. Floch fut saisi d'une agitation sinistre.

— Mon père vend des sirops, proposa Damany tentateur. Des sirops sucrés, qui chassent la toux en quelques heures.

— Quel prix ?

— Deux cents francs !

— C'est cher, dit Floch.

— Ça sent le sapin, dit Damany.

— C'est cher, reprit Floch.

— A prendre ou à laisser, conclut Damany, qui s'éloigna en sifflant.

Floch toussa, puis le rappela.

— Tu ne pourrais pas me faire une petite réduction. A cinquante francs, j'accepte.

— Je vais réfléchir.

Le fils du pharmacien s'éloigna. Dans un coin reculé de la cour, loin des regards de Floch, il délibéra secrètement avec Picou. Puis il apporta sa réponse :

— Va pour cinquante francs. A condition que tu me donnes en plus du chocolat aux noisettes.

Le marché fut conclu, et le lendemain, Floch reçut

une petite bouteille, étroite, au long col, qui renfermait un liquide couleur de goudron.

— Cinq cuillerées avant chaque repas, précisa Damany. Cinq cuillerées à soupe.

Floch remercia avec effusion. Le surlendemain, la bouteille était vide. Mais la toux, loin de s'apaiser, semblait gonflée d'une vigueur nouvelle. Floch aborda Damany et lui fit part du désastre.

— Ça ne m'étonne pas expliqua Damany. Il y a si longtemps que dure ton rhume ! J'ai vu bien des gens enrhumés venir à la pharmacie, mais je n'en ai jamais vu tousser comme tu le fais. Ça sent le sapin de plus en plus...

— Je vais écrire à ma mère, pour qu'elle vienne me chercher, sanglota Floch aux abois.

— N'en fais rien, lança Damany avec précipitation. Après tout, un rhume n'est qu'un rhume. Et si tu doublais la dose de sirop, je suis sûr que tu guérirais.

— Il n'est même pas sucré, ton sirop, bougonna Floch.

— De quoi ! Pas sucré, le sirop de mon père !

— Et puis, je lui trouve un goût bizarre.

— Un goût bizarre ! Hé ! Hé ! Alors que je te fais une réduction... Tiens écoute, reprit Damany, soudain conciliant, je t'en fais encore une autre, de réduction. Parce que c'est toi. Et que je veux te voir guérir. Trente francs au lieu de cinquante. Six cuillerées à soupe le midi. Autant le soir. Et, dans trois jours, tu es guéri.

— C'est sûr ?

— Certain ! Seulement puisque je te fais un prix d'ami, il faudrait me donner en plus le pain d'épice et les deux boîtes de thon que tu as à l'étude.

Floch protesta, pour finalement, s'exécuter. Et il se remit à boire du sirop.

Le premier jour le mal résista.

Le second jour, la fin de la toux parut prochaine.

Mais le troisième jour, elle éclata, plus vivante et plus retentissante que jamais. Floch était au comble du désespoir. Les quintes se multipliaient, ébranlant sa personne devenue chétive, depuis le crâne jusqu'aux orteils et menaçant de la disloquer. Le soir du troisième jour, enfoui dans ses draps, il pleura à chaudes larmes. Le lendemain il pleura de nouveau. Les jours qui suivirent, il pleura encore. Et il pleurait d'autant plus abondamment, que dans le lit voisin, Picou ronflait comme un sénateur. Et ses ronflements larges, heureux, profonds, attestaient décidément qu'il ne prenait aucune part à l'agonie de son ancien ami.

Et Floch, en sanglotant, se disait :

— Je pleure à cause de ma fin prochaine et non parce que j'ai mon ami qui ronfle...

Or, voilà qu'un soir, tandis que Floch pleurait avec énergie, un léger bruit se fit entendre tout près de son lit. Floch ne bougea pas. Le bruit se fit entendre une seconde fois. Floch resta plongé dans ses couvertures. Tout à coup, il tressauta. Une main venait de se poser sur son épaule. Il ouvrit les yeux et, dans la pénombre, au-dessus de son lit, reconnut le visage de Picou.

— Pour un rhume, dit ce dernier avec gravité, on peut dire que c'est un rhume.

Tout dormait dans le dortoir. Floch se renfrogna, gémit. Puis, il toussa. Une quinte interminable, qui bondissait, s'éteignait, bondissait encore.

— Chaque fois que tu tousses, dit Picou, je me bouche les oreilles pour ne pas entendre. J'ai mal. Je ne peux pas dormir.

— Tu ronfles !

— Non, protesta Picou, en baissant la tête. Je fais semblant de ronfler.

— Moi, je dors très bien, affirma Floch.

— Tu en as de la chance, soupira Picou, qui n'était pas dupe.

Il y eut un long silence pendant lequel leurs regards s'évitèrent. Enfin, Picou se décida.

— Tiens, dit-il, en présentant un verre. Bois.

— Qu'est-ce que c'est ?

— Bois toujours. Tu verras.

Floch avança le bout de ses lèvres avec méfiance. Puis il but avidement, en clignotant des paupières.

— C'est bon, mais ça pique, fit-il avec un sourire heureux.

Picou le voyant sourire, sourit lui aussi.

— Prends encore un verre, fit-il. Moi, j'ai déjà eu ma part.

Floch but encore.

— Ça me faisait mal de te donner des coups de pied, avoua Picou.

— Moi aussi, dit Floch.

— Et je t'en donnais quand même.

— Moi aussi, dit Floch.

A la lueur bleutée de la veilleuse, ils se sourirent longuement. Il n'aurait peut-être pas souri, Floch, s'il avait connu la vérité. S'il avait su que le sirop de Damany n'était que de l'eau dans laquelle Picou diluait des pistaches. S'il avait su que ce vin blanc dont Picou l'abreuvait avec générosité, c'était lui, Floch, qui l'avait payé de ses deniers. S'il avait su que le chocolat, le thon, le pain d'épice... Il ne saurait jamais. Jamais Picou ne lui dirait la vérité. Ce pourrait être le prétexte d'une nouvelle querelle, et Picou ne voulait plus d'une nouvelle querelle... A treize ans l'homme est décidément trop malheureux lorsqu'il perd un ami...

Le lendemain, ils ne se quittèrent plus d'une semelle. Le surlendemain, Floch ne toussa plus. Le jour suivant, il recommença de luire et de prospérer. Et Picou prévint ses camarades assemblés qu'à moins de désirer un assassinat collectif, il valait mieux rayer du Larousse le seizième mot de la première colonne de droite, page 137.

Le seizième mot de la première colonne de droite, page 137 du dictionnaire Larousse, était chanoine...

⁂

C'est ce jour-là, dans la soirée, que Picou fit une découverte curieuse. Renouant avec une de ses vieilles habitudes, Floch avait quitté l'étude, sous le prétexte d'un besoin pressant, en réalité pour prendre un bol d'air. Picou profita de son absence pour tirer de son pupitre un minuscule carnet noir que son ami, il l'avait remarqué, dissimulait avec le plus grand soin. Et il lut.

Samedi 14. — Picou commence à se moquer de moi. J'ai bien vu. Je suis sûr. Pourtant, je ne lui ai rien fait. Mais je suis sûr qu'il s'est moqué de moi avec les autres...

Mardi 17. — Tout le monde m'appelle Chanoine. Lui aussi m'appelle Chanoine. Que les autres m'appellent Chanoine, ça m'est égal. Mais lui et moi, je voudrais bien qu'on redevienne amis.

Mardi 24. — Il m'a volé mon andouillette. Ça ne fait rien. Je la lui donne.

Samedi 28. — Je n'ai plus faim. Je tousse. J'ai écrit à la maison pour qu'on vienne me chercher. Mais j'ai déchiré la lettre. Je ne veux pas partir tant que je serai fâché avec lui.

Lundi 30. — Je regrette de lui avoir dit que les habitants de Louannec sont des pète-sec. Mais c'est lui qui a commencé. C'est toujours lui qui commence. Je trouve qu'il exagère.

Mercredi 1er. — J'ai maigri au moins de cinq kilos. Je suis peut-être malade pour de bon. Tant pis !

Jeudi 2. — Quand je pleure, il ronfle. Avant, il ne ronflait pas. Mais, maintenant, il ronfle. Je ne me plais pas du tout au collège. D'ailleurs, je ne m'y suis jamais plu. Je vais partir à la maison. Tous les soirs, je dis une prière pour qu'on redevienne des amis. Alors je resterai.

Samedi 4. — Hier soir, je pleurais. Tous les jours je pleurais. Il est venu près de mon lit. Il m'a donné un verre de vin. Puis encore un autre. Aujourd'hui, on s'est promené ensemble. Je ne tousse presque plus. C'est comme avant. C'est même mieux qu'avant...

Le carnet reprit sa place dans le pupitre et Floch rentra de sa petite promenade.

— On est quand même bien au collège, murmura-t-il. On se connaît. On forme une grande famille. Même au plus fort de ma grippe, je n'ai pas songé un seul instant à partir à la maison.

Il regarda Picou avec ravissement.

— Les habitants de Louannec.

— ... sont des pète-sec, ajouta Picou en souriant. Quant aux habitants de Tréguier

— ... Des casse-pieds, conclut Floch.

Et Picou se prit à méditer. En son esprit revenaient les phrases du petit carnet. Et il méditait. Jamais plus, il ne ferait souffrir son ami Floch. Ni Floch. Ni personne...

NOUS LES HOMMES...

Roi de la cinquième, Picou voulait être aussi le roi de son village. Mais là, il se heurtait à un rude adversaire en la personne de Fernand, son grand rival lors du Tour de France. Les deux gaillards étaient pareillement ambitieux, pareillement assoiffés de puissance. Depuis longtemps, de durs combats les dressaient l'un contre l'autre. Depuis les temps lointains où Picou fréquentait l'école communale.

C'est alors en effet, que la guerre avait éclaté entre le hameau de Truzugal où habitait Picou et le hameau du Cosquer distant d'un kilomètre où habitait Fernand. Guerre de mouvement, menée par des troupes indisciplinées, bruyantes et bigarrées qui comptaient comme de juste beaucoup plus d'officiers que de soldats. L'armée de Truzugal sans rivale dans les fastes militaires, était composée de dix hommes parmi lesquels cinq capitaines, deux généraux, un maréchal et enfin un maréchal en chef, Picou soi-même. L'unique soldat de la bande était Nat, la sœur de Picou qui cumulait les fonctions délicates de cantinière et d'infirmière-major. Des dix, elle était de surcroît, la seule à ne pas être décorée. La troupe avait établi son quartier général tout au bord de la mer, dans un bois de pins dont les couronnes sombres et touffues formaient une protection efficace contre les attaques aériennes. Quelque part en rase campagne se dissimulait l'armée adverse commandée par Fernand que Picou par dérision avait appelé le général Galoche.

Or, au second jour des hostilités, alors que Picou et son état-major, déjà plongés dans les délices de Capoue, fumaient paisiblement cigarette sur cigarette à l'ombre d'épais buissons, la cantinière infirmière fut kidnappée par l'ennemi. Traînée en territoire étranger, elle fut enfermée dans une ancienne cabane à lapins devant laquelle l'adversaire, l'arme à la bretelle monta une garde vigilante, et en dépit de charges désespérées, Picou et les siens ne purent la libérer. Si bien que pour récupérer sa sœur, Picou, la mort dans l'âme se résigna à capituler. En gage de soumission sa troupe dut livrer son matériel et lui-même céda ses armes personnelles : deux lance-pierres, une longue-vue, un revolver en bois, un moulin à café qui imitait le bruit d'une mitrailleuse et un tibia qui servait à la fois de massue et de bâton de maréchal en chef. La défaite était totale ; l'humiliation cuisante. Picou, ulcéré, se vengea en coupant toutes les relations avec Fernand et ses amis... C'est ainsi que la discorde s'était glissée dans la commune, jusque-là pacifique, de Louannec et qu'une violente inimitié fortifiée par les ans, opposait le hameau de Truzugal et celui du Cosquer.

Ce fut une immense satisfaction pour Picou d'écraser dans le Tour de France son regard ennemi. Mais Fernand ne se tint pas pour battu. Il fit savoir qu'il prendrait sa revanche ballon au pied. Picou accepta le défi et guetta une occasion favorable.

Or, au début des grandes vacances, Picou reçut d'une tante venue passer un mois au bord de la mer, un ballon de football, un authentique ballon de football, flambant neuf, jaune, luisant et réglementaire au possible. C'était un événement considérable et devant ses amis accourus, Picou prit la parole.

— On va battre ceux du Cosquer ! dit-il en martelant les syllabes.

Les visages s'allumèrent.

— On va battre ceux du Cosquer avec mon ballon neuf ! répéta-t-il l'œil brillant.

Des explosions enthousiastes lui répondirent. Sans plus tarder Picou s'envola à bicyclette pour parlementer avec Fernand qui donna son accord. Le match aurait lieu le surlendemain. Picou avait exigé un plein jour de délai pour mettre au point la tactique qui s'imposait. L'essentiel étant d'avoir du souffle, il commença par interdire rigoureusement de fumer plus de cinq cigarettes par jour. Puis il livra ses plans de combat.

— Nous jouerons le W.M. ! Comme la première équipe du collège !

Ces deux initiales W.M. provoquèrent un ahurissement général. Cependant tous approuvèrent avec chaleur.

— Moi je suis capitaine entraîneur, continua Picou. Je jouerai avant centre. Faites-moi des passes. C'est moi qui rentrerai les buts.

Après quoi il alla demander à son père l'autorisation de disputer la rencontre sur un champ herbeux situé à cent mètres environ de la ferme. Pa Penhoat ne souleva aucune objection mais au moment où Picou allait disparaître, il le rappela.

— Dis-moi : est-ce qu'il ne vous faut pas un arbitre ?

Picou se mit sur ses gardes.

— Pourquoi ? Tu te proposes ?

Pa fit oui de la tête.

— Est-ce que tu seras impartial ? questionna Picou méfiant.

Pa éclata de rire.

— Bien sûr que non, fit-il en clignant de l'œil. Cinq buts d'écart ! Vous gagnerez au moins par cinq buts d'écart !

— Je refuse, dit Picou sèchement.

— De quoi ? fit Pa interloqué.

— Je refuse, répéta Picou. Tu exagères ! On ne te changera pas, tu es toujours le même ! Le sport, c'est le sport. Il faut être impartial.

— Je serai impartial ! promit Pa en baissant la tête.

— Tu ne pourrais pas l'être, assura Picou. Je te connais. Et Fernand aussi te connaît. Jamais il ne t'acceptera comme arbitre. Mais, si tu veux, tu peux venir au match.

— Jamais ! riposta Pa vexé. Il faudrait me payer pour aller voir des zéros comme vous en action !

A l'heure dite, Truzugal-Sports et le Racing Olympique du Cosquer se trouvèrent face à face. Chaque formation comprenait onze joueurs, comme dans les rencontres officielles. Tous les joueurs étaient des garçons sauf Nat, embauchée pour faire le onzième dans l'équipe de Truzugal et qui portait un magnifique short vert à bandes rouges et des souliers hérités de son frère, si grands, que malgré quatre paires de chaussettes, elle y nageait à pleine marée. Nat, consciente de sa valeur, avait assuré qu'elle utilisait indifféremment le pied gauche et le pied droit, si bien que Picou l'avait placée au centre de ses lignes arrière. La partie selon les règles classiques devait comporter deux mi-temps de trois quarts d'heure chacune. Une véritable guerre d'usure.

L'arbitre de la rencontre, un fils d'instituteur dont le père était juge officiel de la Ligue, fit venir les deux capitaines ; solennel il dit :

— Si vous jouez brutes, je prendrai les sanctions conformes au règlement.

Puis il ordonna :

— Serrez-vous la main !

Picou et Fernand obéirent en se lançant des regards meurtriers.

— Pile ou face ? demanda l'arbitre.

— Pile, dit Picou.

— Face, dit Fernand.

La pièce vola dans les airs, retomba sur l'herbe.

— Face, dit l'arbitre.

Fernand scruta le terrain qui présentait dans le sens de la longueur une forte déclivité. En capitaine avisé il choisit de jouer dès le départ avec l'avantage de la pente.

Il restait, avant le début du combat, à sacrifier aux règles de la courtoisie :

Picou de toutes ses forces, cria :

— Pour le Racing Olympique du Cosquer, hip, hip, hip !

Un tonnerre de hourras déferla sur la campagne.

A son tour Fernand prit sa respiration :

— Pour Truzugal-Sports, hip ! hip ! hip !

Une formidable explosion de hourras ébranla la voûte céleste. Picou crut deviner, dominant la clameur, un hourra caverneux, puissant, enthousiaste, qui ne pouvait sortir d'une poitrine de douze ans. Il tourna la tête, à gauche, à droite. Ce ne pouvait être qu'une illusion. Il n'y avait personne sur la touche. Peut-être derrière le talus... Mais Picou avait maintenant autre chose à faire que de fouiller les talus.

Ce fut un match homérique. D'emblée, profitant de la pente, le Cosquer domina outrageusement et s'installa dans la zone défensive de Truzugal. Et ce qui devait arriver arriva. Affolée, pressée de toutes parts, sollicitée de tous les côtés à la fois, Nat perdit la tête ; elle commença par frapper dans le vide, culbuta un de ses partenaires, puis dirigea vers le ciel une chandelle malencontreuse qui faillit faire mouche. Enfin, complètement prise de panique, elle dégagea irrésistiblement en direction de son but, battant sans rémission son goal éberlué. Ce que voyant, Picou traversa le terrain à cent à l'heure, bondit vers sa sœur terrorisée et lui décocha dans l'arrière-train un shoot fantastique.

Cette fois encore, une basse sonore, puissante et invisible retentit.

— Bien fait ! Bravo !

Mais Picou entendit à peine, Nat en sanglots voulait quitter le terrain. Picou l'y maintint de force. Cependant, comme son activité à l'arrière s'annonçait périlleuse, il prit sa place et l'expédia à l'avant.

Et le Racing Olympique du Cosquer, après trente secondes de jeu, menait par un but à zéro. Et avantagés par la descente, Fernand et ses hommes continuaient de dominer. Heureusement Picou se démenait comme un diable, affrontant toutes les attaques, repoussant la balle du pied, de la poitrine, de la tête. A son exemple, ses co-équipiers se déchaînaient eux aussi. Tant et si bien qu'à la mi-temps, en dépit d'une domination écrasante, le Cosquer ne menait toujours que par un but à zéro.

Pendant la pause, Picou réunit son équipe.

— A nous la descente ! Tous à l'attaque !

Comme un bulldozer, les joueurs de Truzugal-Sports foncèrent de l'avant, balayant tout sur leur passage. Picou avait repris sa place au centre de sa ligne offensive, mais ses adversaires l'entouraient d'une garde serrée. Trois fois, cependant, il réussit à placer un shoot. Trois fois la balle frôla les poteaux. Et le temps avançait. Soumis à un pilonnage intensif, les joueurs du Cosquer animés par Fernand, pratiquaient à outrance la tactique dite du « béton ». A deux reprises, Picou fut projeté à terre dans des conditions plus que suspectes. La deuxième fois, tous les joueurs du Cosquer réclamèrent un coup franc tandis que dans le tumulte la basse puissante retentissait encore.

— Des lunettes l'arbitre ! Mets des lunettes !

Mais l'arbitre laissa continuer le jeu et Picou, affolé, trempé de sueur, se résignait à la défaite, quand, soudain, une occasion inespérée se présenta. Il reçut la balle à quinze mètres du but ennemi, dribbla, feinta, dribbla encore, se présenta seul devant le goal du Cosquer aux abois, lorgna le coin supérieur gauche de la cage, le lorgna férocement, prépara son shoot, le prépara si bien, avec tant de précautions que la balle fila... dans les nuages. Alors il poussa un cri de désespoir atroce, puis, lamentable, les yeux pleins de larmes, il dit à ses amis désolés :

— Nous sommes battus.

Et s'arrachant les cheveux, il précisa :

— Parce que j'ai trop de dégagement.

Il restait seulement deux minutes de jeu. Le ballon à peine revenu sur le terrain, fila dare dare vers le but du Cosquer. Dans une ultime ruée, les joueurs de Truzugal-Sports, partirent à l'assaut. Une invraisemblable mêlée se déroula sur le point du pénalty opposant corps à corps tous les joueurs des deux camps.

— En avant ! hurla Picou qui reprenait espoir.

— En avant ! hurla Nat qui courait en tous sens, sans objectif précis.

Tous les muscles tendus, les antagonistes se poussaient, se bousculaient, sans même voir le ballon qui était à terre.

Et tout à coup, le miracle se produisit. La balle émergea de l'inextricable forêt de jambes, aboutit dans les pieds de Picou, qui cette fois ne prit même pas le temps de viser. Son shoot partit comme la foudre, au ras du sol, sous le nez du goal impuissant. C'était le but égalisateur accueilli par un vacarme assourdissant de cris et de bravos. Le ballon à peine remis en jeu, l'arbitre siffla la fin du match.

Alors se produisit une nouvelle et dernière mêlée. Les joueurs de Truzugal-Sports se précipitèrent tous ensemble sur leur capitaine entraîneur de douze ans et le portèrent en triomphe. Et si dure avait été la rencontre, si péniblement acquis le résultat, que le match nul prenait aux yeux de Picou et de ses amis des proportions de victoire sensationnelle. Ils entonnèrent leur hymne de triomphe, celui que connaissent bien toutes les sociétés sportives de France et de Navarre...

Non, non, non ! Truzugal n'est pas mort !
Non, non, non ! Truzugal n'est pas mort !
Car il chante encor'
Car il chante encor'.

Puis ils quittèrent le terrain en mitraillant leurs adversaires de regards méprisants...

— Heureusement dit Picou en souriant, heureusement : j'ai du dégagement !

— Heureusement ! s'exclamèrent tous ses amis.

— Heureusement ! fit Nat en remuant péniblement son arrière-train endolori.

⁂

L'heure du souper était venue. Toute la famille Penhoat se trouvait réunie autour de la table familiale.

— Et ce match ? interrogea Pa la mine innocente.

— Un but partout, s'écria Picou triomphant ; et c'est moi qui ai égalisé.

Pa fit une moue de commisération :

— Lamentable ! reprit-il. Un niveau de jeu véritablement lamentable. Tu as des progrès à faire mon garçon. Tu n'y connais rien. Tu as tout à apprendre, par exemple de la contre-offensive.

— N'empêche, dit Picou fièrement, que j'ai été le roi du terrain.

Il s'arrêta brusquement, examina son père :

— Mais tu as donc vu la partie ? C'était toi qui étais derrière le talus ?

— Je suis resté un petit quart d'heure seulement, fit Pa désinvolte. Je passais par là, tout à fait par hasard, au début du match. Je me suis arrêté, j'ai jeté un bref regard. Puis, après quinze minutes je me suis hâté de partir. C'était tellement décevant ! Tiens quelques exemples : A la quarante-huitième minute seul devant le but, tu bottes à côté ; à la cinquante-sixième minute tu récidives ; à la soixante-deuxième minute nouvelle maladresse. A la quatre-vingtième minute, enfin, tu arrives encore seul devant le goal. Tu shootes du bout du pied. Comme si un footballeur expérimenté devait shooter du bout du pied ! Et tu envoies naturellement le ballon dans la lune. Moi si j'avais été à ta place, je marquais douze buts. Pas un de plus, pas un de moins. Et j'en aurais ajouté un treizième par-dessus le marché ! D'ailleurs quand j'étais international...

— International, glissa Man avec un petit sourire.

— Parfaitement, international, fit Pa véhément, international militaire !

Il se tourna vers son fils.

— Ce n'est pas vrai, Picou, que j'ai été international militaire ?

— C'est vrai, dit Picou, qui bien entendu, n'en savait rien.

— Tu le seras toi aussi si tu continues, fit Pa en tapant sur l'épaule de son fils.

Il prit de nouveau sa femme à partie.

— Car il connaît déjà le football sur le bout des

pieds ce gaillard-là, tandis que ta fille, ah pardon ! parle-moi de ta fille !

Il ricana, lança vers Nat un coup d'œil ironique, se pencha à l'oreille de Picou :

— Vraiment, c'était et de loin, le plus beau shoot de la partie ! dit-il...

Et il ajouta généreux :

— Tiens, prends un verre de vin. Tu ne l'as pas volé ! A nous les hommes, un bon verre de vin ne peut pas faire de mal.

Picou trinqua avec son père. C'était bien la première fois que Pa Penhoat, lui disait : « Nous les hommes ! »

PREMIER PICOU : QUINZE

Ecrite à une allure visiblement endiablée, la lettre éclatait comme un coup de clairon :

« Mes chers parents. Voici le résultat de la composition de rédaction. Je suis premier. J'ai eu quinze ! Manu le Caïd de la classe n'a eu que treize ; moi j'ai eu quinze. Je suis content de moi ! Je ne vous en mets pas plus long car la cloche sonne.

« Votre fils pour la vie. — Picou. »

« *P.S.* — Il y a des chaussures de football en devanture rue des Capucines. Des chaussures en cuir rouge, à lacets blancs qui font juste ma pointure (35). Je ne vous en mets pas plus long car la cloche ne va pas tarder à sonner... »

Depuis son entrée en sixième, deux ans plus tôt, Picou s'était surtout signalé par une santé florissante, un caractère frondeur et facétieux, un vif penchant pour les sports et les bagarres, la fâcheuse habitude de parler aux moments où le silence était de rigueur et enfin par une incomparable virtuosité dans l'art d'échapper aux griffes disciplinaires. Quant à ses qualités intellectuelles il avait pris soin de les mettre sous le boisseau. Pour être franc, il occupait avec une belle constance, les dernières places de la classe, nullement confus du reste, d'honorer de sa présence la sympathique armée des cancres, troupe éternelle et haute en couleur qui fait depuis toujours le pittoresque des collèges en même temps que le sombre désespoir des parents.

Il est facile dans ces conditions d'imaginer l'accueil que reçut son bulletin de victoire.

Premier épisode : ébahissement général. Pa Penhoat pâlit, blêmit, verdit, relut la lettre trois fois, se frotta les yeux, procéda à une quatrième lecture, puis, définitivement convaincu, se servit un grand verre de vin blanc pour se remettre de ses émotions.

Deuxième épisode : enthousiasme débordant. Pa Penhoat démarra vent arrière, porter la nouvelle à tout le voisinage. Puis il célébra dans le café le plus cher du bourg, la gloire naissante de la famille.

— Madeleine ! Un porto ! Oui, oui ! Un porto ! C'est pour fêter le succès de Picou. Il vient d'être premier en composition de français. Oh ! mais il n'en est pas à son coup d'essai. Et je me demande même si je ne vais pas lui faire sauter une classe.

Troisième épisode : refroidissement subit. Au milieu de la bonne humeur suscitée par l'heureux événement, un doute affreux vint tout à coup envahir l'âme de Pa Penhoat. Il se souvint qu'étant élève de troisième, il lui était jadis arrivé de louer une croix — la fameuse croix des têtes de classe — et de l'arborer fièrement pendant les vacances de Noël, en assurant qu'il avait obtenu, note phénoménale, un dix-neuf en composition. La famille avait tressailli d'allégresse. Son père l'avait pressé dans ses bras ; sa mère avait versé d'abondantes larmes. Ce Picou était bien capable d'une semblable escroquerie, avec naturellement une année d'avance sur l'auteur de ses jours. Pa décida d'en avoir le cœur net. A deux heures, la vieille Renault trottinait sur le chemin du collège.

A deux heures et demie Pa Penhoat frappait à la porte du professeur de quatrième...

Ce professeur ne connaissait le père de Picou que de réputation. Mais, en dix minutes, Pa qui n'avait pas son pareil pour mettre à l'aise ses interlocuteurs, lui raconta toute sa vie. Un brillant dix-neuf, naguère en composition. Le grade de sergent-chef à la fin du service militaire. Le titre envié et flatteur d'international. Une maîtrise sans pareille dans le maniement du volant. Des relations très étroites avec un ministre universellement connu et d'une exceptionnelle compétence... Le professeur écoutait en souriant et, tout heureux de trouver un auditeur aussi complaisant, Pa multipliait les détails. C'est ainsi, par exemple, que le ministre devenait un ami intime, de plus en plus intime, le meilleur des amis. Et un homme sans manière oui, mon Dieu, d'une simplicité rare. Pa Penhoat le tutoyait, l'appelait René, lui donnait de grandes tapes dans le dos. Et les relations entre eux étaient si étroites que ce haut personnage de la République avait fermement promis à Pa de faire en sa compagnie quelques parties de pêche à la ligne. Car Pa Penhoat, cela va sans dire, était un pêcheur émérite, la terreur des truites et des brochets de la région... Quand son discours préliminaire fut terminé, Pa indiqua le motif de sa visite et à son tour, l'abbé parla :

« Oui, Picou avait obtenu une première place en composition, une brillante première place. Oui, c'était un élève plein de possibilités, un garçon d'avenir... Parfaitement le jour où le courage et la constance lui viendraient, il multiplierait les exploits de ce genre... »

Pa Penhoat écoutait au comble du ravissement. A dire vrai, en père conscient de sa valeur personnelle, il n'avait jamais douté des aptitudes de son fils, même devant les bulletins les plus pessimistes. Mais cet éclatant succès et la cascade d'éloges du professeur affermissaient encore son opinion, laquelle pouvait se résumer en trois lignes : Pa Penhoat était un sujet d'une qualité peu commune, pour avoir donné naissance à un garçon qui obtenait un quinze en composition. Et qui plus est, en se jouant. Qu'adviendrait-il lorsqu'un jour le fils en question prendrait l'existence au sérieux. Décidément Picou aurait ses chaussures de football.

— Puis-je lire sa copie ? demanda Pa l'œil gourmand.

— Mais bien sûr ! C'est une rédaction vivante, qui sort des sentiers battus.

Confortablement installé dans un fauteuil, Pa commença sa lecture. Le sujet était simple et clair : « Faites le portrait d'un vantard de votre connaissance. Donnez des exemples originaux. » Picou entrait sans lambiner dans le vif du sujet et Pa y plongea à sa suite, en connaisseur averti des choses littéraires.

« Il est petit, il est maigre. Il avait autrefois des cheveux roux qu'il a presque tous perdus. Il boit bien, il mange bien. Il fume. Voilà ! Je le connais bien puisqu'il habite tout près de chez moi. Je dirai la vérité, toute la vérité, rien que la vérité.

« Il est terriblement bavard. Du matin au soir sans arrêt, il parle. Sa femme, de temps en temps lui dit : « Tu radotes ! » Ça le vexe. « Je radote ! eh bien tu n'auras plus l'occasion de me le dire, que je radote ! Je me tais ! Tu entends ? »

« Je me tais ! » Pendant cinq minutes il se tait vraiment.

Les cinq minutes qui suivent on l'entend grogner. Au bout de dix minutes il n'en peut plus de se taire et parle de nouveau... »

— Pas mal ce début, opina Pa condescendant.

— N'est-ce pas ? approuva le professeur.

— Subtil, prestement enlevé ! C'est un peu mon style.

Il éclata d'un rire sonore.

— Ma femme aussi me dit parfois que je radote, observa-t-il.

Et il se mit encore à rire, puis assoiffé de voluptés nouvelles continua sa lecture :

« Si un jour vous le rencontrez, faites comme moi, ne le croyez pas, car il ment comme il respire. Et s'il ne ment pas, c'est qu'il exagère.

« Ne le croyez pas s'il vous dit qu'il est un champion de l'automobile. Ce n'est pas vrai. Il conduit comme une cloche et son fils lui-même n'est pas très fier lorsqu'il monte dans sa voiture.

« Ne le croyez pas, lorsqu'il parle de sa vie militaire. J'étais sergent-chef, j'avais un cuistot à moi tout seul ! » Ce n'est pas vrai, il est parti simple soldat, et est revenu simple soldat.

« Ne le croyez pas s'il vous dit qu'il fut international militaire. Il ne sait même pas shooter des deux pieds !

« Ne le croyez pas s'il vous dit avoir obtenu jadis un dix-neuf en composition. C'est là une de ses vantardises favorites, sa petite revanche sur un passé scolaire aux résultats ternes et médiocres. Ce qui ne l'empêche pas de dire à son fils : « Mon garçon, « suis les traces de ton père, travaille comme lui « et tu réussiras comme lui. Et tu seras entouré de « l'estime générale. Comme lui !... » Le fils ne peut même pas sourire car le gaillard a la main leste et le pied plus leste encore... Et puis c'est un enfant. Et il faut bien laisser les enfants croire aux histoires qu'ils racontent... »

A cet instant le fauteuil, qui depuis quelque temps gémissait nerveusement, poussa un craquement sinistre. Pa Penhoat étouffa d'extrême justesse un juron formidable, un de ces jurons qui font date dans la vie d'un chrétien et sentit qu'à moins d'une intervention immédiate de la divinité son cerveau allait éclater. Dieu merci, le cerveau tint bon et Pa, furtivement, glissa un coup d'œil vers le professeur. Mais le professeur était invisible. Assis à son bureau il s'abritait derrière une grosse pile de dictionnaires, pour rire tout à son aise, évidemment. Pa aurait donné tout l'or du monde pour avoir Picou près de lui, et pour l'étrangler doucement, cruellement, froidement. Une envie folle le prit de se venger sur la copie et de la déchirer en un million de morceaux. Mais la curiosité l'emporta et il reprit sa lecture. Et le fauteuil aussitôt recommença à gémir.

« Dans mon petit pays les gens sont facilement vaniteux. On y aime bien avoir dans ses relations des amis haut placés. Mon voisin ne fait pas exception à la règle, son ami à lui, son grand ami est ministre. Avoir un ami ministre qui vous appelle par votre prénom, qui vous tutoie, qui rit aux éclats de vos plaisanteries, voilà qui classe un citoyen. Quand il parle de son ami le ministre mon voisin est au paradis : « Le ministre m'a dit... Mon ami le « ministre m'a raconté... Si j'écoutais le ministre... « Quand je verrai mon ami le ministre... »

« L'inconvénient, le seul, c'est que mon voisin n'a jamais connu de ministre. Au temps de son service militaire, il lui arriva de présenter les armes au ministre de la Guerre. Deux ans plus tard, il disait : « Le jour où j'ai serré la main au « ministre... » Cinq ans plus tard : « Le jour où j'ai déjeuné en compagnie du ministre... » Encore cinq ans et il frappait de tapes cordiales le dos du ministre en l'appelant René. Il raconte aujourd'hui que René viendra bientôt taquiner la truite dans les rivières de sa ferme.

« Tel est mon voisin ! Un enfant ! Un poète ! Et, mon Dieu, un bon garçon aussi. Pas méchant pour deux sous. Je m'entends très bien avec lui. La preuve : c'est que malgré la différence d'âges qui nous sépare, mon voisin est mon meilleur ami... »

Le professeur s'abritait toujours derrière son échafaudage de dictionnaires. Pa Penhoat suait à grosses gouttes et s'attendait d'un instant à l'autre aux effets foudroyants d'une crise cardiaque. Jamais, de toute sa vie, il n'avait éprouvé une pareille honte. Jamais non plus, il n'avait préparé pour son fils de supplices aussi raffinés : la corde, la mort par immersion, la chaise électrique. Finalement, d'une main moite, il rendit la copie au professeur qui en dépit de ses efforts ne pouvait maîtriser un léger sourire.

— Tout à fait original, maugréa Pa. Et parfaitement croqué.

— Le devoir méritait bien un quinze !

— Moi, assura Pa, je lui aurais mis un dix-neuf.

Et là-dessus il battit précipitamment en retraite.

De terribles remous ballottaient son âme alors que la vieille Renault galopait fougueusement dans les rues de la ville, semant sur son passage une effroyable panique. Or, par un hasard véritablement extraordinaire, la voiture se trouva soudain dans la rue des Capucines et tomba en arrêt précisément face au magasin d'articles de sport. Une première fois Pa Penhoat passa devant les chaussures de football en détournant la tête. Au second passage, il lança dans leur direction un regard rapide. Au troisième passage, il les contempla férocement puis entra dans la boutique.

— C'est pour mon fils, dit-il en s'emparant des souliers au cuir luisant. Il a été premier en composition. Un quinze ! Quelque chose d'original et de prestement enlevé. C'est un garçon qui marche sur les traces de son père.

Le marchand, visiblement, tombait de la lune.

— Le professeur m'a montré le devoir, enchaîna

Pa et il m'a dit : « Ça, ce n'est pas de la briquette ! C'est du vrai, du solide ! On ne fait pas mieux à l'Académie française ! » Alors vous comprenez je veux le récompenser, mon fils. Et comme il aime le football, comme il s'y connaît aussi bien que son père...

Flairant l'affaire, le marchand intervint, aimable.

— Vous avez joué au football vous aussi ?

— Si j'ai joué ! Mais monsieur voilà dix-huit ans je fus international. Parfaitement, international militaire ! Les pauvres Italiens. Six à zéro. Six ! Je jouais avant centre, car je shootais des deux pieds ! Et vite et fort ! Tout seul je marquais les six buts, si bien qu'à la fin de la rencontre mes camarades me portèrent en triomphe ! Ah ! quel souvenir !

⁂

Lorsque Pa Penhoat au volant de sa voiture un peu calmée, fut sur le chemin du retour il hocha la tête à plusieurs reprises et sourit étrangement.

— J'avais des qualités, c'est sûr ! Et je fus presque sélectionné ! Mais, quand même, international ! Et de surplus des buts à la demi-douzaine ! Décidément mon phénomène a bien raison...

UNE SOLIDE VOCATION DE TRAPPISTE

— 66, 67, 68, 69, 70...

Le préfet fronça les sourcils. Debout sur le seuil de l'infirmerie, il contempla son troupeau. Ils étaient là, soixante-dix élèves engloutis dans des pardessus au col relevé, soixante-dix élèves transis, visiblement exténués et qui attendaient avec une impatience craintive qu'on leur ouvrît les portes de l'infirmerie... La grippe, la grippe sournoise et meurtrière avait escaladé les murs du collège et multipliait les ravages... Une longue file de dos voûtés ; une longue suite de nez rouges, mauves ou violets ; un misérable convoi de loques humaines... Naturellement Picou faisait partie des soixante-dix grippés ; bien entendu Floch suivait Picou.

Le préfet prit la parole, au milieu d'un silence d'hôpital.

— Messieurs, dit-il, vous êtes soixante-dix. C'est un chiffre record ! Vous êtes tous malades, je m'en rends bien compte. Vous ne souhaitez nullement quelques jours de vacances supplémentaires, je le sais bien. Cependant, à mon grand regret, je ne puis vous accueillir tous à l'infirmerie, car il ne reste plus que cinq lits vides...

Il fut interrompu par une toux vigoureuse partant du premier rang. C'était Floch qui jugeait opportun de faire acte de candidature pour l'une des cinq places disponibles. Aussitôt les poitrines se soulevèrent en cadence et les soixante-dix élèves toussèrent avec frénésie. La lutte pour les cinq places vacantes s'annonçait très disputée.

— Je suis donc obligé de faire une sélection, reprit le préfet. Et voici comment je vais procéder. Je dispose de sept thermomètres. Vous allez me suivre par groupes de sept. Vous mettrez le thermomètre dans votre bouche sous mon contrôle et je vérifierai moi-même les températures... Si certains d'entre vous pour que le mercure monte ont besoin de mon briquet je veux bien le leur prêter, à condition que nul ne dépasse le 40 !

Les élèves éclatèrent d'un rire gras et bassement flatteur puis toussèrent à nouveau avec véhémence. Profitant du vacarme, Floch se pencha à l'oreille de Picou.

— C'est quand même triste, murmura-t-il, on n'a même plus le droit d'avoir la grippe en paix dans ce bazar ! A notre âge !

Et plus bas dans un souffle :

— Celui-là je le connais, fit-il en désignant le préfet d'un clin d'œil. Il est capable de truquer les thermomètres et ça ne servira à rien d'avoir de la fièvre. Moi, je m'en vais ! J'ai de la fièvre, je le sens bien ! Mais je m'en vais quand même. Et toi ?

— Moi je reste, dit Picou, j'ai mal à la tête, au cou, au dos, partout. Je suis sûr que je fais au moins du 39.

— Moi je pars, dit Floch. Salut et bonne chance !

— *Bye bye*, répondit Picou.

Floch entreprit de s'éloigner avec la plus grande discrétion possible, en se faufilant parmi ses camarades. Mais bientôt il fut emporté par un véritable raz de marée. Les paroles du préfet avaient produit un effet magique et rendu brusquement une santé florissante à la majorité des élèves qui disparaissaient rapidement, l'oreille basse et l'œil rasant le sol. Près de la moitié de la troupe déserta. Il resta exactement trente-deux élèves décidés à affronter l'épreuve du thermomètre. Trente-deux élèves qui reniflaient lugubrement dans l'humide et froide grisaille de février...

⁂

« Mes chers parents,

« J'ai la grippe. Je suis à l'infirmerie avec un peu de température : 37° 9 hier, 37° 6 ce matin. Rien de grave. J'espère que je ne resterai pas longtemps ici. Ce n'est pas le travail qui manque au milieu du second trimestre ! Et surtout, je n'ai rien à manger. La bonne sœur est sympathique. On l'appelle « Teinture d'iode » : c'est là son grand remède.

« Je n'ai pas pu dormir la nuit passée. Des frissons me couraient le dos. Quand vous viendrez me voir, apportez-moi une bouteille de vin pour faire des grogs. Je ne vous en mets pas plus long car j'ai les mains moites. Heureusement, j'ai un bon matelas. Je l'ai pris à un petit qui se trouve près de moi et je lui ai donné le mien. Il n'y a que des petits dans la salle et c'est moi qui commande.

« Bons baisers.

« Picou. »

Il était dix heures du matin quand ce bulletin de santé, sec mais optimiste, quitta le collège. Quatre heures plus tard, le drame éclata, provoquant dans l'infirmerie la plus formidable des paniques. C'était l'instant de la sieste et de l'ennui. Les élèves, à demi-rêveurs, à demi-somnolents, reposaient dans le silence, quand, brusquement, Picou poussa un cri, émergea de ses draps et bondit au pied de son lit. Il bondit au pied de son lit, les joues en feu, le front ruisselant de sueur et les yeux étincelants d'une étrange clarté. D'une clarté fort étrange en vérité.

— Un couteau ! demanda-t-il sèchement. Un couteau !

Une légère inquiétude passa chez les malades, puis tous gloussèrent en chœur, s'imaginant avec naïveté que se préparait une de ces excellentes plaisanteries dont Picou avait le secret.

— Un couteau ! réclama Picou rageur en ouvrant fébrilement le tiroir de sa table de nuit. Je veux un couteau !

Cette fois nul ne songea à rire, car il était facile de voir que Picou ne plaisantait pas. Il soufflait, tremblait, claquait des dents, réclamait furieusement son couteau. Ce fut la débandade ! N'écoutant que leur courage, les voisins de lit de Picou s'élancèrent vers la porte, pyjama au vent, suivis de tous les malades de la salle qui se bousculaient en poussant des cris stridents. Quelques secondes plus tard, ils étaient de retour, s'abritant derrière la sœur infirmière hésitants, tremblants, mais désireux de ne rien perdre du spectacle.

— Un couteau ? pourquoi voulez-vous un couteau ?

— Les ficelles ! Je suis ligoté, coupez les ficelles !

Picou délirait tout simplement.

— Les ficelles ! Coupez les ficelles !

La sœur lui prit immédiatement sa température. Le mercure affolé, grimpa d'un seul bond à 40° 5...

Se reposer, être tranquille, dormir !

« Il faut que je dorme ! J'ai chaud, j'ai soif, j'ai mal... Notre Père qui êtes aux cieux... Je vous salue Marie... Qu'est-ce qui lui arrive à Floch de monter sur le dos du cheval ? « Descends Floch, descends. » Aïe, Aïe, Aïe ! Ouf, ce n'était qu'un cauchemar !

« Il faut que je dorme ! Sur le côté droit, non sur le côté gauche. Une prière pour les âmes du Purgatoire. On dit que ça fait dormir. *De Profundis clamavi ad te Domine... Requiescant in pace. Amen* J'ai chaud ! J'ai froid ! Il faut que je dorme... Qu'est-ce qui lui prend à la veilleuse de descendre du mur, de se balancer, de danser. Oh ! des araignées ! Partout ! Sur le plancher, sur le plafond, sur les murs. Vite, un bâton ! Maman, maman !... Ouf ! Ouf ! Merci mon Dieu ce n'était pas de vraies araignées. Merci ! Merci...

« Ma tête ! Ma tête ! Il doit être quatre heures du matin, cinq heures peut-être. Il faut que je dorme. Ils ont de la chance ceux qui peuvent dormir. Mon front brûle de plus en plus. Je vais dire un chapelet de tout mon cœur : « Notre Père qui êtes aux cieux », qu'ils sont heureux ceux qui ne sont pas malades. « Je « vous salue Marie », faites que je revoie encore une fois mon père et ma mère. *Gloria Patri et Filio,* j'ai une vraie fièvre de cheval... « Je vous salue Marie, « je vous salue Marie, je vous salue Marie... »

« Mon Dieu je vous promets solennellement, si je m'en sors :

« 1° De ne plus boire de vin par esprit de sacrifice jusqu'à l'âge de vingt-cinq ans.

« 2° De me faire trappiste !... »

Enfin, l'aube, l'aube bleue et triste de février...

« Mes bien chers papa et maman !

« C'est votre petit Picou qui vous écrit pour vous dire de ne pas vous inquiéter. Cette fois-ci, je suis gravement malade. Hier soir j'ai fait du 40°5 et j'ai déliré. Je demandais un couteau et tous les camarades étaient pris de panique. Je suis le seul à faire du 40. Les autres ne font que du 37. La sœur me dit que c'est une grippe mais j'ai tellement mal à la tête que je me demande si ce n'est pas une méningite. En tout cas ne vous inquiétez pas. La méningite n'est pas toujours mortelle.

« Il est inutile de venir me voir. Ça ferait des frais. Je vous demande pardon pour toutes les peines que j'ai pu vous causer. Je vous embrasse bien fort, ainsi que ma chère petite sœur.

« Votre Picou bien affectueux. »

« *P.S.* — J'espère que vous vous portez bien. Car c'est une chose précieuse que la santé ! Le bonjour à tous mes amis. Vous pouvez désormais leur prêter mon ballon de football !... »

Bien entendu dès la réception de ce message réconfortant, Pa Penhoat fonça vers le collège à une vitesse record. Il faisait peine à voir, le pauvre Pa. Il n'était plus qu'une pâle image de lui-même et ses traits ravagés, ses yeux enfoncés, le tremblement de ses lèvres révélaient la plus atroce des angoisses. Sa femme qui l'accompagnait essayait vainement d'apaiser ses alarmes.

— Une méningite ! Comment veux-tu que cet enfant attrape la méningite ! Depuis quatre ans qu'il est au collège, il n'a pas encore commencé à travailler.

— La méningite ce n'est pas une affaire de travail mais d'intelligence. Moi aussi j'ai failli attraper une méningite quand j'étais élève.

Fait extraordinaire, tandis que la route défilait rapidement, Pa demeura dix minutes sans parler. C'est que des funèbres pressentiments le bourrelaient. Il se rappela que les jours précédents des chiens noirs étaient venus rôder dans la cour de la ferme ; il se rappela qu'une pie, avait, la veille au soir, frappé avec insistance aux vitres de sa chambre ; il se souvint d'avoir la nuit précédente rêvé de vipères. Présages sinistres, lourds de proches malheurs. Sans

Picou, la vie véritablement ne valait pas la peine d'être vécue.

— Où est mon fils ?

— Qui est-ce ?

— Picou, mon fils ! Comment va sa méningite ?

Une stupéfaction sans bornes se peignit sur le visage de la sœur infirmière.

— Une méningite, vous voulez dire une grippe !

— Inutile de me cacher la vérité, fit Pa. Je sais tout. Conduisez-moi vers mon fils.

Sur son lit Picou somnolait. Après les effusions inévitables, Pa éleva de nouveau la voix.

— Une grippe ! ça ! allons donc ! Au premier coup d'œil on voit tout de suite de quoi il s'agit. Dites-moi, comment le soignez-vous.

— Comme tous les autres ! Tisane ! Tisane, teinture d'iode.

Pa ricana.

— Teinture d'iode ! En plein vingtième siècle. Teinture d'iode ! Vous voulez le faire mourir n'est-ce pas ? Franchement, entre nous, dites-le, c'est cela que vous désirez ?

Les élèves contemplaient la scène avec ébahissement. Man tirait énergiquement la manche de son mari. Picou s'était mis à sangloter.

— A la maison, décida Pa. Lève-toi. Prends tes affaires. Je te soignerai, moi !

La sœur infirmière avait une longue pratique de ces parents éperdus qui, au moindre bond du thermomètre, veulent ramener leur progéniture au bercail. Elle parla longuement, avec suavité. Et Pa, comme il fallait s'y attendre, fut très heureux de se calmer.

— Je vous fais confiance ma sœur. Mais vous comprenez ma femme était légèrement inquiète.

Quand l'infirmière eut disparu, il sortit d'un panier deux bouteilles de vin.

— Voilà fit-il, pour les grogs !

— Je regrette, dit Picou. Mais j'ai promis de ne plus boire de vin jusqu'à vingt-cinq ans.

D'émotion Pa faillit lâcher les bouteilles.

— C'est un vœu, expliqua Picou. Et j'ai promis également de me faire trappiste.

Pa faillit éclater de rire, mais il se retint.

— Je comprends, approuva-t-il, sérieux. Je comprends fort bien. A moi aussi, cela m'est arrivé de faire de pareilles promesses dans mon jeune âge.

Et il s'en alla tout guilleret suivi de sa femme.

Le soir même la température de Picou tombait à 37°5. La crise avait tout juste duré vingt-quatre heures. Et Picou prévoyait déjà un prochain retour parmi ses camarades, quand, brusquement, Floch fit à l'infirmerie une entrée fort remarquée... Les projets de Picou allaient s'en trouver bouleversés, particulièrement celui de ne plus boire de vin jusqu'à l'âge de vingt-cinq ans.

⁂

« Mon cher frère,

« J'ai une mauvaise nouvelle à t'annoncer : la troisième classique a été battue par la troisième moderne. L'arbitre était partial ; de plus Picou, notre capitaine, ne jouait pas. Il est à l'infirmerie. Une forte grippe. Son père et sa mère sont venus le voir d'urgence. Dans son délire il a réclamé un couteau pour menacer son voisin...

« Roger. »

« Mon cher papa,

« On est tous grippés au collège. En cinquième, quatorze élèves sont malades. Le plus malade de tout le collège a été Picou, celui qui saute 1,40 m en hauteur. Ses parents sont venus le voir d'extrême urgence. Il a pris un couteau et il a poursuivi tous ses camarades en hurlant...

« Eugène. »

« Ma bien chère maman,

« Ici c'est la grippe. En sixième comme dans toutes les classes. Il y a eu un drame. C'est l'histoire du couteau. Picou, un grand de troisième, celui qui fait le clown au collège, a eu la méningite. Sa mère et son père sont venus le voir. Il a pris un couteau et a poursuivi la sœur en pyjama...

« Joseph. »

« Mes chers parents,

« A mon tour je suis à l'infirmerie. Tout le monde y passe et ce n'est pas grave. Une petite angine. On m'a badigeonné la poitrine de teinture d'iode. Je suis le voisin de lit de Picou qui a été très malade. Mais sa fièvre est tombée et il n'est plus à la diète. Il était bien content de me voir et moi aussi. Car je trouvais le temps long sans lui. Picou, pour moi est un frère ; et moi, je suis un frère pour Picou. Je ne vous en mets pas plus long car je vois le facteur qui vient par la fenêtre.

« Yves Floch. »

Les deux frères s'étaient donc rejoints. Pâle, pitoyable, aux portes du tombeau, Floch avait fait son entrée à l'infirmerie un matin, deux jours après la crise de Picou. Et si grave était son état, si profond son épuisement qu'il n'avait pas accordé un seul regard à son ami. Mais dès la disparition de la sœur infirmière il émergea de ses couvertures, joyeux comme un pinson.

— Coucou !

Picou en resta pétrifié.

— Je m'ennuyais, dit Floch.

— Moi aussi, dit Picou.

— C'est ce que j'ai pensé, dit Floch. Et voilà pourquoi je suis venu. Alors il paraît que tu as terriblement travaillé de la cafetière ! Tiens c'est pour toi ; et encore ; et encore !

Floch plongea les mains dans ses poches et en exhuma deux oranges, une tablette de chocolat, six crêpes et deux douzaines de caramels.

— Secoué comme il l'a été, précisa-t-il, ce qu'il lui faut, que je me suis dit, c'est de l'alimentation.

Il sourit, retroussant le coin des lèvres jusqu'aux molaires.

— Mais comment diable as-tu réussi à entrer ici sans fièvre ? interrogea Picou.

Une technique nouvelle, rétorqua Floch avec fierté. Tu te cognes les deux coudes contre un mur pendant une demi-heure. Résultat : une angine avec 38° de fièvre. L'ennui c'est qu'il me faudra recommencer pareille gymnastique matin et soir, si je veux prendre un peu de repos. Et du repos, j'en ai rudement besoin. Le deuxième trimestre est de loin le plus fatigant.

Il se gratta le menton songeur.

— Au fait, intervint Picou, les vacances des gras commencent dans six jours. Tu crois que d'ici là ça vaut la peine de recommencer le travail.

— Moi, dit Floch, je ne me sens pas du tout le caractère ouvrier.

— Moi non plus, assura Picou. Du reste, il est maintenant trop tard pour re-démarrer.

Re-démarrer était d'autant plus difficile à vrai dire qu'il n'y avait jamais eu de démarrage. Et d'un commun accord les deux amis résolurent de terminer la première partie du trimestre à l'infirmerie.

Hélas, l'homme propose, et Dieu dispose ! Au lieu des six jours projetés, Picou et Floch ne devaient passer ensemble à l'infirmerie qu'une seule journée, une seule. Mais quelle journée !

Comme disait Picou, en commentant plus tard les événements, ce fut une fête inoubliable. C'est un fait bien compris que pour créer une ambiance il faut un fond sonore. Picou y alla donc de son répertoire qui était vaste et divers et qui comprenait toutes les plus récentes nouveautés. C'était un gaillard à la page que Picou ! Floch lui ne savait qu'un refrain d'ailleurs puissamment évocateur. Il le chantait faux, mais il le chantait avec conviction.

Tout va très bien
Madame la Marquise
Tout va très bien
Tout va très bien.

De temps en temps il s'interrompait, reprenait son souffle et soupirait :

— Ah ma pauvre mère, si tu voyais l'angine de ton fils !

Puis il repartait de l'avant avec une ardeur nouvelle.

Mais il est bien difficile d'avoir la paix en ce bas monde. Dans la salle que Picou et Floch égayaient de leurs vocalises, se trouvaient quelques malades, de vrais malades, d'authentiques grippés, qui s'avisèrent de protester. Des gens qui, bien entendu, ne conaissaient rien à la musique. Justement saisis d'indignation, Picou et Floch s'en prirent au chef des mécontents, un certain Péron, élève de quatrième.

— Tout d'abord, dit Picou en plissant les yeux, quelle est ta température ?

— *That is the question !* précisa Floch qui parlait anglais avec un formidable accent de Tréguier. Quelle température ?

— 37° 8 lança Péron.

— Moi, dit Picou, j'ai fait du 40.

— Moi, dit Floch, je fais du 38.

— Moi j'ai failli mourir, expliqua Picou et je n'ai pas fait tant que ça de chichi.

— Moi, s'indigna Floch, mon 38 ne m'empêche pas d'avoir un moral à tout casser.

— D'ailleurs, ajouta Picou, péremptoire, quand on est en quatrième on a tout juste le droit de se taire.

— Parfaitement, opina Floch. L'an dernier quand j'étais en quatrième je me taisais. Je me taisais et j'écoutais les anciens. Mais maintenant ce n'est plus comme l'an dernier : il n'y a plus de jeunesse, gronda-t-il en roulant les yeux.

Quand Floch roulait ses gros yeux ronds, il paraissait plus effrayant qu'un cannibale. Le dénommé Péron se mit à geindre :

— Je le dirai au préfet, menaça-t-il.

Picou devint rouge d'indignation.

— Au préfet ? Tu entends, Floch, il va tout dire au préfet ? Mais si je comprends bien, fit-il, en retroussant les manches jusqu'aux coudes, tu n'es qu'un espion.

— En somme, surenchérit Floch scandalisé, tu aggraves ton cas. Non seulement tu manques de respect à l'égard des anciens, mais encore tu n'es qu'un agent secret !

Lui aussi retroussa les manches, jusqu'aux épaules.

— A nous deux, fit-il, en prenant bien soin de se camoufler derrière Picou.

— A nous deux, dit Picou fermement décidé au combat.

Si les biceps de Floch étaient blancs et menus, les poings de Picou étaient durs et osseux. Le dénommé Péron, épouvanté, capitula sur-le-champ, et jura tous ses grands dieux, qu'il n'avait jamais été un agent secret et qu'à l'avenir il saurait respecter ses aînés. Picou et Floch lui accordèrent un pardon magnanime et reprirent leurs ébats provisoirement interrompus...

Ils dansèrent, ils bombardèrent leurs voisins de boulettes de papier longuement mâchonnées et les voisins, avertis par l'exemple de Péron, trouvèrent la plaisanterie du meilleur goût et rirent aux éclats. Picou accomplit sur son lit un magnifique saut périlleux et Floch, piqué au vif, déclara qu'il était bien capable d'en faire autant. Avec une belle constance il tenta l'exploit à dix reprises. La neuvième il faillit réussir. La dixième il prit un élan effrayant et s'écrasa la tête en avant contre le pied de son lit, évitant de justesse la fracture du crâne. Le programme comporta aussi l'inévitable bataille de polochons. Enfin sur le coup de quatre heures de réjouissances s'achevèrent par un cross-country original et, comme disent les journaux, fort goûté du public. Il s'agissait de faire vingt fois le tour de la salle en bondissant par-dessus les lits. Floch avait lancé un défi à Picou. Dès le départ ce dernier se détacha nettement et ne cessa d'augmenter son avance. Floch, malgré des efforts désespérés, termina avec cinq tours de retard...

Le soir était venu, Floch qui avait facilement renouvelé son 38 se tourna vers Picou.

— J'ai faim, dit-il.

— Moi aussi, dit Picou.

Les provisions apportées le matin s'étaient depuis longtemps volatilisées.

— Si nous faisions une petite expédition au réfectoire, proposa Picou.

— *O.K.* dit Floch.

Ils enfilèrent une veste par-dessus leur pyjama et, à pas de loup, humant les ténèbres noires et mouillées, ils partirent en direction des cuisines. C'était là une randonnée périlleuse. Rien n'est plus dangereux que les couloirs obscurs d'un collège. Ils parcoururent une cinquantaine de mètres, côte à côte, silencieux, puis, à voix basse, se partagèrent la tâche. A Floch le pain et les victuailles, à Picou le reste. Et ils se quittèrent.

Picou n'eut besoin que d'une minute pour remplir sa mission et il revenait vers l'infirmerie en rasant les murs, quand, brusquement au bout d'un coulòir, il devina la silhouette du préfet et jugea opportun de détaler à une allure d'autant plus vive que le préfet s'était mis à courir lui aussi dans sa direction. De tous les élèves du collège Picou était celui qui courait le plus vite lorsqu'il sentait le préfet à ses trousses. Eperdu, hors d'haleine, il réussit à prendre le large en direction de l'infirmerie. Il venait à peine de se glisser dans son lit, lorsqu'une voix éclata :

— Qui était dehors?

Nul ne répondit.

— Qui courait dans la nuit ?

Toujours le silence.

— C'était vous Picou ?

— Moi ! Oh ! la ! la ! vous pouvez demander aux autres !

— Mais où est-il celui-ci ? questionna soudain le préfet en désignant le lit de Floch.

— Je ne sais pas, répondit Picou en tremblant, aux waters sans doute.

— Eteignez les lumières, ordonna le préfet.

L'obscurité se fit. Le silence se fit aussi, chargé de menaces. Le préfet s'était dissimulé près de la porte. Une minute passa, puis deux. Et soudain, dans le lointain, s'éleva un chant triomphal :

Tout va très bien, madame la Marquise.

Picou sentit son cœur s'arrêter. La voix au-dehors se faisait plus puissante.

Tout va très bien, tout va très bien

Rien ne bougeait dans l'infirmerie. La voix explosa tout près de la porte.

Pourtant il faut, il faut que je vous dise
On déplore un tout petit rien.
Un incident, une bêtise...

Et Floch fit son entrée dans la salle.

— Allume, Picou, allume ! Y a du bon !

Silence.

— Allume, Picou. J'ai dix livres de pain, trois boîtes de sardines, deux andouilles. J'ai aussi une demi-livre de beurre que j'ai prise sur la table du préfet. Ce cornichon-là n'y verra que des étincelles.

Silence, silence profond ! De plus en plus profond !

— Voyons Picou, allume ! Est-ce que tu as le vin avec toi ?

A cet instant pathétique, la salle subitement s'éclaira.

— Enfin la lumière ! s'exclama Floch on va pouvoir se mettre à table.

Il s'arrêta net, pris d'un tremblement convulsif. Le pain de dix livres roula sur le plancher, suivi des trois boîtes de sardines, de la demi-livre de beurre et des deux andouilles.

— Habillez-vous tout de suite, commanda le préfet. A l'étude !

Il bondit vers Picou.

— A l'étude, vous aussi !

— Mais je n'ai rien dit, protesta Picou avec véhémence. C'est toujours moi qu'on persécute.

— A l'étude ! hurla le préfet en l'agrippant par le bras pour le sortir de son lit.

L'édredon bascula. Deux bouteilles de vin venues en droite ligne de la cave du collège basculèrent avec l'édredon et s'écrasèrent sur le plancher. Déjà Picou et Floch filaient vers l'étude. De la fête projetée il ne restait plus que l'humiliation d'un lamentable échec.

⁂

Et c'est ainsi que dans les collèges, naissent et meurent deux jours après leur naissance les plus sincères vocations de trappiste.

FUMEES...

La pâle aurore du lundi des Rameaux commençait à peine d'errer dans le ciel, quand, brusquement Pa Penhoat s'éveilla. Il s'éveilla brusquement, grogna, se racla la gorge, bâilla, toussota, toussa, crachota, se moucha, cracha. Chaque matin, Pa Penhoat se raclait la gorge, toussait, crachotait, crachait. Après quoi, la volonté férocement bandée il jurait de ne plus fumer. Car, cette petite vaisselle interne de l'aurore, humiliante autant que pénible, Pa l'imputait à l'usage abusif du tabac. Cinq minutes ne s'étaient pas écoulées qu'il allumait naturellement sa première cigarette en pestant contre lui-même et en se courrouçant contre la faiblesse des hommes en général et la sienne en particulier.

Or, en ce matin livide, la vaisselle fut si longue, la toux de Pa Penhoat fut si basse, si caverneuse qu'une pensée atroce l'envahit.

— Si je n'arrête pas à temps, je pars tout droit vers le cimetière.

Et il décida de ne plus fumer. Mais cette fois, sérieusement, en répudiant à toute force cette sorte de complicité trouble avec le vieil homme qui pourrit si fréquemment les plus mûres résolutions humaines. Vivre ou mourir, tel était le dilemme. Et Pa Penhoat choisissait la vie.

Deux méthodes s'offraient. Il élimina la première qui consistait à écarter radicalement toute cigarette et sachant bien que la nature ne procède pas par bonds, résolut de supprimer le tabac par étapes, progressivement. Pareille résolution lui sembla énergique, autant que salutaire. Cinq minutes après son réveil, Pa Penhoat alluma donc sa première cigarette.

Dix mégots jalonnèrent la matinée. Dix chutes pénibles, dix abandons, dix faiblesses lamentables. Le vieil homme ricanait dans l'ombre et la pensée du cimetière inondait d'une sueur glacée les épaules de Pa. Estimant après réflexion que la tactique progressive portait en elle-même sa condamnation, il décida de recourir à la décapitation instantanée du vice. Il était un homme que diable ! Un homme énergique. Un travailleur acharné. Un ancien soldat valeureux ! Du courage nom de nom ! Et de la persévérance.

Profitant du repas de midi, il annonça farouche.

— J'ai décidé de ne plus fumer.

Picou, aussitôt éclata d'un rire inextinguible. Dix fois par mois Pa Penhoat annonçait en effet qu'il cessait de fumer.

— Cette fois c'est sérieux, fit Pa en frappant du poing sur la table. Quand je dis que je ne fume plus, c'est que je ne fume plus !

Et pour illustrer son serment, il distribua une dernière cigarette à ses deux ouvriers agricoles, au grand ahurissement de Picou qui n'en croyait pas ses yeux... Cette fois la rupture avec tout un passé de lâchetés était définitive. Adieu tabac ! Adieu vil tabac aux saveurs molles et débilitantes ! Adieu fumée ! Fumée abjecte dont la souple traînée bleuâtre monte vers le plafond comme un soupir voluptueux. Fini ! Fini ! Pour toujours adieu !

L'heure qui suivit fut pour Pa Penhoat, la source des joies les plus pures. Il éprouvait à s'être dompté une fierté sans nuage. Il se sentait le pas élastique, l'âme légère. Jamais il n'avait connu pareille félicité.

Le facteur, un enragé brûleur de nicotine passa et lui proposa une cigarette.

— Merci, refusa Pa dédaigneux, je ne fume plus !

Et comme le facteur le fixait d'un air sceptique, il ajouta :

— C'est facile, je dis : je ne veux plus fumer ! Et je ne fume plus. Tout simplement ! Seulement, il faut vouloir.

Il abandonna le facteur pour partir à la recherche de Picou. Un tel bien-être l'inondait qu'il désirait sur-le-champ en faire part à son fils.

— Je tiens ! s'exclama-t-il ! Je résiste ! Ah si j'avais su que c'était aussi simple de ne plus fumer, il y a longtemps que j'aurais délaissé le tabac !

Il respira longuement, dilatant au maximum sa large poitrine.

— Je me sens leste, agile. J'ai l'impresssion d'avoir brusquement rajeuni de vingt ans.

Il se fit paternel.

— Vois-tu, Picoutou (Picoutou était un terme d'affection rarement utilisé) vois-tu, le fils doit s'appuyer sur son père pour faire son chemin dans la vie. Je voudrais t'épargner tous les soucis, tous les tracas. Eh bien, dès aujourd'hui, retiens bien ce conseil : quand tu seras grand, ne fume pas. Le tabac est à l'origine des insomnies, de l'énervement, des crises cardiaques. Ne fume pas.

Picou jusque-là avait écouté en silence. A cet instant il intervint.

— Inutile, d'insister, dit-il en souriant. Voilà déjà huit jours que j'ai cessé de fumer...

⁂

La première heure avait été délicieuse, la seconde fut intolérable. Une soif infernale vint soudain habiter Pa Penhoat, une soif terrible, plus terrible que la grande soif née des déserts. Il errait comme une âme en peine de la maison à l'écurie, de l'écurie à la maison. Il éprouvait la sensation que son système digestif brûlait à feu continu. Et pourtant têtu comme un Breton de vieille souche, il tint bon. Il tint bon jusqu'à trois heures de l'après-midi. A trois heures précises il monta dans sa chambre, fouilla ses poches, roula une cigarette.

— Une dernière, marmotta-t-il. La dernière !

Et il fuma avec le remords effrayant du pécheur qui a entrevu la lumière et qui retombe dans les gouffres ténébreux du péché. Mais le plaisir l'emporta sur le remords.

« Encore une, songea-t-il, la dernière, l'ultime ! »

Et à trois heures et demie, il s'enferma de nouveau dans sa chambre...

⁂

— Alors, ça tient ? demanda Picou à l'heure du goûter.

— Ça tient ! lança Pa belliqueux, et pourtant c'est dur !

— Oui, c'est dur ! acquiesça Picou, en hochant la tête.

⁂

C'est vers les cinq heures que Pa Penhoat tirant par la longe son cheval « Ouistiti » se rendit chez le maréchal ferrant. Par un hasard plus extraordinaire encore, à deux pas du maréchal ferrant se tenait un bureau de tabac qui faisait en même temps office de café. Or, coïncidence extrêmement curieuse,

Pa Penhoat traversant le bourg, se sentit une envie irrésistible de boire un petit muscadet.

Alors, bien sûr, l'habitude, la tentation, la séduction des petits paquets bleus ! et la triste faiblesse humaine qui en devient monotone à force d'être quotidienne.

— Vingt francs le muscadet ! Quatre-vingts francs les gauloises, dit la patronne.

Pa Penhoat crut discerner dans son regard une pointe de malice et sortit la tête basse. En face du café, entourant l'église, se dressaient les croix du cimetière. Pa Penhoat détourna les yeux avec fureur. Et il fuma. Il fuma en cachette comme un voleur. Et son esprit était le théâtre d'une ébullition étrange. Ses pensées partaient à la dérive comme de vieilles épaves. Il avait l'impression qu'il sombrait doucement, doucement, sûrement...

— Alors on tient ? demanda Picou au repas du soir.

— C'est de plus en plus dur ! répondit Pa, l'œil sournois.

— Il faut tenir, encouragea Picou. C'est le premier jour qui est le plus pénible...

⁂

La pâle aurore commençait à peine d'errer dans le ciel, quand le lendemain matin Pa Penhoat s'éveilla. Il s'éveilla brusquement, grogna, se racla la gorge, toussota, toussa et l'écho de sa toux éveilla dans la maison entière de si terrifiantes vibrations qu'une funeste panique l'envahit.

— Cette fois le cimetière est tout proche !

Et il décida de ne plus fumer. Et il jura que l'heure des chutes et des trahisons était passée. Et pour s'en donner une preuve immédiate il cacha dans l'armoire les dix cigarettes qui lui restaient, ferma l'armoire à clé et fourra la clé dans sa poche.

Après quoi il se mit à réfléchir. Et ses réflexions amères le conduisirent à conclure que la nature ne procède pas par bonds et que pour guérir un vice, rien ne vaut la méthode progressive. C'est pourquoi cinq minutes après son réveil, loin des regards, Pa Penhoat fumait sa première cigarette.

Et toute la journée, en cachette, il fuma.

Et les jours qui suivirent, il fuma, toujours en cachette, refusant par amour-propre de s'avouer vaincu aux yeux des siens.

De temps en temps, il rôdait autour de Picou et son fils le stimulait.

— Tiens bon papa.

— Je tiens ; c'est dur, mais je tiens !

— Moi je résiste facilement !

— Tu en as de la chance ! Pour moi c'est de plus en plus dur !...

Mais bientôt, il en eut assez de cette fourberie et des cachotteries de tous les instants. Mieux valait reconnaître sa défaite, loyalement, quitte à perdre une partie de son prestige. Après bien des hésitations il s'y décida. Rouge de confusion, la tête basse, ployant sous le poids de ses forfaits, il approcha de Picou. Mais le cran lui manqua pour une attaque directe.

— Il fait beau ! commença-t-il.

— Très beau, opina Picou.

— C'est extraordinaire comme il fait beau !

— Extraordinaire, approuva Picou.

— Hier le temps était beau, mais aujourd'hui, je crois qu'il est plus beau encore.

— C'est vrai ! dit Picou.

L'aveu décidément se révélait encore plus pénible que prévu. Pa fut sur le point de faire demi-tour. Dieu merci, comme il se plaisait souvent à le reconnaître, il était doué d'une volonté de fer et il résista à la tentation de la fuite.

— Ecoute, bégaya-t-il d'une voix sourde, Picoutou, écoute... Je dois te dire que je mens ; que depuis plusieurs jours, je mens... C'est à propos du tabac... Voilà douze jours que j'ai recommencé de fumer. Pratiquement, je n'ai jamais cessé...

— Ce n'est rien, dit Picou en lui tapant avec affection sur l'épaule, moi voilà quatorze jours que j'ai recommencé.

Trois semaines plus tard, sur le coup de midi, Pa fit, dans la cuisine, une entrée énergique. Et, farouche, il annonça :

— J'ai décidé de ne plus fumer.

Picou faillit éclater de rire. Mais il se retint car il sentit soudain qu'une moquerie aurait blessé son père. Il avait quatorze ans désormais. Et à cet âge, on commence à comprendre que les pères ont besoin d'une amitié complice.

— Je suis sûr que tu tiendras. Avec ta volonté...

— Entre nous, tu sais, la volonté des hommes...

Et Pa émit un long soupir désenchanté.

***

Oh ! les fumées, Pa Penhoat, les fumées ! L'aride et long désert que l'homme traverse à la poursuite des fumées. Les regrets, les remords, les résolutions, les fermes propos et puis à nouveau, demain, après-demain, les fumées, les rêves, les chimères, les innombrables et séduisantes chimères. Et ainsi chaque jour, Pa Penhoat, au matin et au soir, l'appel enchanteur des sirènes et le charme ensorceleur des mirages. Jusqu'au dernier jour, jusqu'à la dernière heure, jusqu'à l'ultime et faible battement au seuil secret de la grande liberté des hommes.

UN BRETON A PARIS

Depuis des mois, Pa Penhoat projetait une petite expédition à Paris. Histoire de changer d'air, de se divertir un peu. Histoire aussi de se mêler à la vie trépidante et grisante de la capitale. Les Parisiens, quand ils veulent prendre des vacances, s'en viennent à la campagne ? Pourquoi donc les habitants de la campagne ne s'en iraient-ils pas de temps en temps vers Paris.

Donc, un matin de juillet, quelques jours après la distribution des prix, Pa Penhoat entreprit sa femme. Il avait mis sur pied une tactique d'une efficacité certaine.

— Nos deux enfants, commença-t-il douloureusement, traînent dans le tout dernier peloton de leur classe.

— Hélas ! soupira Man.

— Leurs résultats, continua-t-il encore plus douloureusement, sont d'une médiocrité véritablement décevante.

— D'unc médiocrité véritablement décevante, soupira Man...

Brusquement Pa Penhoat se frappa le front du doigt comme si une idée géniale venait, à l'instant même, de germer en son ccrveau :

— Mais, j'y pense ! Ne crois-tu pas qu'un petit

voyage à Paris leur ferait du bien ? Ils ne sont jamais sortis de leur coin, ces enfants-là ! Ils ont besoin de voir du pays. Le professeur de Picou me disait justement qu'un tel voyage élargirait leur horizon, étendrait le champ de leur culture générale.

Man, accoutumée pourtant aux plus subtils stratagèmes, ne put cette fois, s'empêcher de sourire. Elle approuva toutefois avec chaleur, si bien que, trois jours plus tard, Pa, cravaté, chapeauté, tondu de neuf et flanqué de Picou et de Nat, se trouvait au départ du Lannion-Paris. Il n'y avait pas un nuage dans le ciel.

Le voyage fut sans histoire. Autrement dit, pendant les sept heures du trajet, Pa n'arrêta pas de discourir, pour la plus grande joie de ceux qui occupaient son compartiment.

— C'est ma fille, commença-t-il. Et mon fils ! Je leur paie un voyage à Paris à cause de leurs résultats scolaires. Picou, dis bonjour au monsieur. Mieux que ça. Qu'est-ce qui m'a fabriqué un polichinelle pareil ? Tu sais pourtant qu'il faut marcher droit. Moi j'aime les gens corrects ! Je déteste le sans-gêne. D'ailleurs, voulez vous savoir ce qui tue la France ? Voulez-vous le savoir ? Eh bien, c'est le sans-gêne. Tenez, c'est comme les Parisiens. Moi, je vais à Paris. Mais que les Parisiens ne viennent pas m'apprendre la gamme ! Parce que ça ferait des bulles, je vous prie de le croire. Ce n'est pas parce que je viens de la cambrousse que je suis en retard sur les événements, compris ? Bien sûr, ce n'est pas moi qui ai inventé l'électricité. Mais j'ai quand même fait mon service à Paris, et je peux dire que j'en ai maté des Parisiens. J'étais sergent-chef. J'avais un cuistot pour moi tout seul. Et voilà qu'un jour, un Parisien passe devant moi sans me saluer. Je lui dis : « De quoi ? Et le respect dû aux supérieurs ? » Il me regarde et me dit : « J'aimerais mieux saluer un bec de gaz ! » Moi je ne dis rien, mais j'attaque... Je suis ainsi fait : pas de paroles, des actes... Pan ! Pan ! du gauche ! Pan ! Pan ! du droit... Ça l'a calmé ! Et voilà comment je les traite, moi les Parisiens !

Il gonfla la poitrine, fit jouer ses biceps et enchaîna :

— Tenez, c'est comme les députés ! Ah ! les députés ! Là, je peux en parler. J'ai un ami ministre. Je le connais depuis toujours. A l'école, on se suivait : lui était troisième et moi deuxième ; ou bien j'étais troisième et lui deuxième. En somme, un champion. Il me disait : « Ces députés-là, ils sont deux fois trop payés ! Surtout pour le travail qu'ils font ! Inauguration par ci ; inauguration par là ! Et pendant ce temps-là c'est nous qui payons les impôts. Et eux se tapent les langoustines et le homard à l'américaine. Comment voulez-vous, après ça, qu'on ait du prestige à l'étranger ? Est-ce que c'est vrai, oui ou non ?

Le compartiment tout entier approuva avec une vigoureuse chaleur.

— Tenez, continua Pa enflammé, vous voulez que je vous dise ce qui tue la France ? Vous le voulez ? Et bien, c'est le manque d'hommes. Ce qu'il faudrait, chez nous, c'est un Clemenceau. Un homme intelligent, audacieux, énergique. Tenez, donnez-moi le pouvoir : je ne suis pas né le lundi de la Pentecôte, mais je vous assure qu'il y aurait du balai. Parce que, je vais vous le dire, moi, ce qui tue notre pays, c'est le manque d'honnêteté. Chacun tire à soi la couverture. Et par ici les pots de vin ! Et par ici les gros billets. Tenez : encore un exemple : le gouvernement. Remarquez qu'il faut un gouvernement. Je n'ai jamais été anarchiste et ne le serai jamais ! Cependant, je trouve qu'ils exagèrent ! Les impôts ! Le tabac ! L'essence ! L'alcool ! Et le prix du chemin de fer. Encore si ça servait à quelque chose ! Mais non ! Les caisses sont vides ! Et qui les vide ? Qui ? Ce n'est tout de même pas moi ! Il ne faut pas exagérer ! Alors, qui ? Eh bien, je vais vous le dire, moi : les fonctionnaires !...

Et haro sur les fonctionnaires. Puis de nouveau, haro sur le gouvernement, sur les députés, sur les Parisiens. Et encore haro sur les crises ministérielles, la course aux armements, les impôts. Tous cela d'ailleurs, sans véritable méchanceté. Si des députés ou des fonctionnaires s'étaient trouvés dans le compartiment, ils eussent été les premiers à rire. Pa se contentait d'user de ses droits stricts de citoyen, en déversant ainsi, aux quatre coins du compartiment des torrents de critique et d'éloquence.

La ruine imminente du pays ne lui enlevait du reste rien de son farouche appétit. A trois reprises, il se restaura, et de façon monumentale. Les Bretons qui vont vers la capitale, donnent toujours l'impression de partir pour le Sahara. Leurs valises contiennent le ravitaillement suffisant pour nourrir un wagon tout entier. Pa fit apprécier à ses voisins son beurre, son jambon, ses crêpes, son vin, son cidre...

De temps en temps, aussi, il jetait un coup d'œil rapide par la fenêtre et il faisait admirer à Picou et à Nat les charmes du paysage.

— C'est beau, la France ! murmurait-il en hochant la tête.

Et là-dessus, il tournait dans sa bouche ses vingt grammes de tabac carotte. Car, lançant une offensive meurtrière contre la cigarette, Pa venait tout récemment de remplacer la gauloise par le tabac carotte. Il détestait pourtant cette espèce de tabac. Mais il s'était résigné aux solutions les plus extrêmes pour se débarrasser à tout jamais de ses toux quotidiennes et de ses ennuis cardiaques...

A dix-sept heures cinquante, le trio Penhoat débarquait à Montparnasse. A dix-huit heures trente, il émergeait du métropolitain à la station Vincennes, près de laquelle habitait un cousin de famille...

Rien n'est plus frénétique quc la vie d'un Parisien moyen. En toute occasion, à toute heure du jour, il court, il court à en perdre le souffle. Et si contagieuse est cette habitude, que le provincial le plus flâneur et le plus endormi, à peine arrivé dans la capitale, se met également à courir. De par son métier de cultivateur, Pa était accoutumé à une démarche lente, quelque peu chaloupée. Mais au spectacle de la foule qui galopait, il se mit à galoper lui aussi, traînant à sa suite Picou et Nat qui jetaient sur toutes choses des regards éberlués.

Et pendant quatre jours, vent arrière, ils galopèrent. Ils galopèrent jusqu'à Boulogne-Billancourt pour rendre visite à un oncle ; jusqu'à Saint-Denis pour voir un cousin ; jusqu'à Saint-Germain, pour voir une cousine. Ils galopèrent aussi jusqu'au quartier Dupleix, car Pa, bien entendu, se devait de faire un pèlerinage aux lieux de ses exploits militaires.

— La deuxième fenêtre au deuxième étage, à gauche, c'est là que je dormais. Il y avait deux régiments dans la caserne : un régiment de soldats et, dans mon lit un régiment de puces. C'était le bon temps. On avait un calot et des bandes molletières. En ce temps-là le paquet de cigarettes coûtait deux francs cinquante et le grand verre de vin rougc, dix sous. C'était moi qui promcnais les deux chiens du capitaine. Je connais tous les becs de gaz du secteur...

Ils galopèrent aussi jusqu'aux lieux historiques de la capitale et ce fut pour Pa, l'occasion d'exhumer, des tréfonds de sa mémoire, d'antiques souvenirs de collège.

— Ici, c'est le Tombeau du Soldat Inconnu, ou, si vous préférez, du soldat anonyme. On a choisi le corps au hasard et on l'a amené ici. — Nat, ce n'est pas une raison parce que les filles ne font pas de service militaire pour ne pas écouter ce que je dis ! — J'ai défilé plusieurs fois là-dessous, il y a vingt ans. Après le défilé, on avait droit à un quart de vin supplémentaire : on ne l'avait pas volé... Là, c'est la flamme ; on la ranime tous les jours. Devant, le groupe sculpté que vous voyez, représente *la Marseillaise*, qui a été inventée par Rouget de Lisle. — Picou, tu es prié de te taire : si tu veux faire la morale à ton père, va à la maison. — Rouget de Lisle était de Marseille. C'est pourquoi on l'a appelée *la Marseillaise*...

— Ici, c'est Notre-Dame, la cathédrale de Paris. A Tréguier aussi, il y a une cathédrale, mais ce n'est pas le même genre. En ce temps-là, c'était le Moyen Age. Les seigneurs étaient toujours en guerre et il y avait des impôts à payer à tout le monde. C'est pourquoi, aujourd'hui, il ne faut pas se plaindre. C'est ici que Napoléon s'est marié avec Joséphine ; plus tard il remplaça Joséphine par Marie-Louise. Plus tard encore, il fut envoyé à Sainte-Hélène et c'est là qu'il mourut. Ça suffit : maintenant quand on vous parlera de Notre-Dame, vous saurez au moins dire quelque chose !

— Ici, s'élevait la Bastille. C'était au temps de la Révolution. En ce temps-là, on guillotinait tout le monde pour un oui ou pour un non. C'était Robespierre qui était au pouvoir. Vous avez entendu, je suppose, parler de Robespierre. Il était contre la liberté. Or, dans un pays, la liberté est ce qu'il y a de plus précieux. Moi je suis contre la peine de mort et pour la liberté. Et ceux qui sont contre la liberté, on devrait leur couper le cou : ça ferait réfléchir ceux qui pensent comme eux...

— Devant vous, c'est la Tour Eiffel... Levez la tête... C'est la Tour la plus élevée du monde. En

Amérique, ils ont des gratte-ciel, mais ce n'est pas le même genre. J'ai grimpé une fois jusqu'au troisième étage... La Tour Eiffel est l'un des plus beaux monuments de France. Elle a été construite par le gouvernement. En ce temps-là le gouvernement avait de l'argent. Maintenant, il n'en a plus : à cause des députés et des fonctionnaires...

Ces explications, Pa les donnait d'un organe vigoureux, d'un organe si vigoureux que les passants intrigués, s'arrêtèrent pour l'écouter et bénéficier de ses raccourcis historiques d'une originalité véritablement saisissante. C'est ainsi que, près de l'Arc de Triomphe, un Parisien élégamment vêtu s'arrêta, écouta, sourit, puis s'en alla toujours souriant. Pa se sentit piqué au vif. Il grinça des dents, lorgna le Parisien d'un œil féroce et fit longuement tourner à l'intérieur de sa bouche ses vingt grammes de tabac carotte...

C'est ainsi que place de la Bastille, un autre Parisien s'arrêta, écouta quelques instants, sourit, puis s'en alla toujours souriant. Cette fois, la réaction de Pa fut plus violente :

— Je ne suis pourtant pas un esquimau, s'emporta-t-il.

Et il fit tourner à l'intérieur de sa bouche ses vint grammes de tabac carotte...

Or, voilà que devant la Tour Eiffel, un troisième Parisien s'arrêta. Il s'arrêta, examina Pa avec un intérêt soutenu et ouvrit la bouche toute grande. Pa feignit tout d'abord de ne pas le voir, mais le Parisien ouvrait la bouche avec une telle insistance, qu'il se sentit progressivement gagné par un énervement terrible.

— Il s'agirait de ne pas me prendre pour un cobaye ! grinça-t-il.

Et, avec énergie, il roula dans sa bouche ses vingt grammes de tabac carotte.

Le Parisien regardait toujours. Légèrement penché en avant, les deux mains derrière le dos, il regardait avec intensité, comme seul sait regarder un Parisien moyen. Il regardait avec intensité, la bouche ouverte, la bouche largement ouverte...

— Va lui dire de faire son testament, ordonna Pa à Picou.

Mais Picou, au lieu d'obéir, se haussa jusqu'à l'oreille de son père et lui glissa deux mots.

— D'accord, répondit Pa.

Et, avec une effrayante rapidité, le drame se joua. Pa tourna les vingt grammes de tabac carotte dans sa bouche, les tourna, les retourna, les malaxa ; puis il se concentra, puis il visa, puis il tira. Le projectile traversa l'air à une vitesse supersonique et alla s'écraser au plus profond de la gorge du Parisien.

Ce fut atroce... Oui, ce fut atroce. Le Parisien commença par pousser un gémissement rauque, un authentique gémissement d'abattoir. Puis, il poussa un second gémissement, encore plus rauque que le premier. Puis il porta les deux mains à sa poitrine, comme pris d'un étouffement subit. Puis il se mit à courir à gauche et à droite, en poussant des râles sinistres et en se contorsionnant d'une manière épouvantable. Comme bien l'on pense, un attroupement considérable s'était tout de suite produit. Des curieux jaillissaient de toutes les directions et s'interrogeaient sur la nature de l'événement, tandis que le Parisien suffoquait toujours. Ce que voyant, Pa jugea prudent de prendre le large et disparut à toute allure, tirant Picou par la main droite et Nat par la main gauche...

Hélas ! il y a souvent une justice en ce bas monde. Pa avait parcouru deux cents mètres environ, quand un coup de sifflet strident retentit. Et un agent de police se précipita.

« Le Parisien est mort, songea Pa épouvanté. Je l'ai assassiné ! »

— Les clous ! hurla l'agent.

— De quoi ? interrogea Pa ahuri.

— Les clous ! répéta l'agent. Vous n'y voyez donc rien ?

— Ah ! les clous !

— Ah ! les clous, ricana l'agent. Mais d'où c'est qu'il sort ce bourricot-là ? Du Vésuve ?...

Pa n'aurait pas dû riposter. D'autant plus qu'il était manifestement en tort. Et qu'un agent, après tout, c'est un agent : c'est-à-dire le bras droit de la République. Mais son tempérament belliqueux l'emporta :

— Bourricot vous-même, siffla-t-il. Et puis d'abord, il ne faudrait pas me prendre pour une génisse, entendu. Et je ne sors pas plus du Vésuve que vous ne sortez d'une écrémeuse. Compris ! Laissez-moi parler, s'il vous plaît. J'ai le droit de dire ce que je pense ! Je suis père de famille et je paie mes impôts, comme tout le monde. Et ce n'est pas une raison parce que vous êtes un Parisien que vous allez faire mon éducation. Moi, je les connais les Parisiens ! Nat, si tu n'arrêtes pas de pleurer, je t'expédie une taloche ! Et je les connais aussi, les fonctionnaires ! Ah ! on est bien monté en France, on peut le dire ! Et c'est vraiment triste, oui, vraiment triste, de voir des choses pareilles au vingtième siècle !

— Vos papiers, commanda l'agent d'un ton sans réplique.

— Mes papiers ! Quels papiers ? Je refuse de donner mes papiers. Moi, je suis pour la liberté !

— Vos papiers ! Sinon, c'est le poste de police !

Le poste de police ! Hum ! Ça devenait grave. En un éclair, Pa se vit assis au banc de la correctionnelle. Et il sortit ses papiers avec diligence...

— Voilà, fit-il. Et puis, vous savez, tout ce que

je disais tout à l'heure, c'était histoire de parler. Il faut bien dire quelque chose, n'est-ce pas ?

— Votre nom ?

— Penhoat. Moi, vous comprenez, je suis ainsi fait : je m'énerve, je m'emporte. Mais au fond, je ne suis pas le mauvais garçon. On pourrait peut-être boire un verre ensemble.

— Votre prénom ?...

— Yves... Nous étions tous comme cela dans la famille. Mon père était de même. Et mon fils que voilà marche sur mes traces. Picou, dis bonjour au monsieur ! Et poliment s'il te plaît.

— Circulez ! fit l'agent sèchement, après avoir copié l'adresse.

— Merci, monsieur, dit Pa. Mille fois merci ! Au revoir ! A bientôt... Picou, fais bien attention de marcher entre les clous...

Ei il s'en alla, suivi de sa progéniture...

⁂

Trois jours plus tard, Pa Penhoat était de retour au bercail. Et, tout de suite, avant même de donner des nouvelles de la famille, il raconta à sa femme, l'histoire de l'agent de ville.

— Il me dit : Vous êtes un bourricot ! » Et moi je me dis tout de suite : « Anatole, voilà un client qui t'appelle au téléphone ! » Et je lui réponds : « De quoi ! Un bourricot ! Vous en êtes un autre, monsieur. Et ce n'est pas une raison parce que vous êtes un Parisien et que vous avez un sifflet dans la bouche et un képi sur la tête que vous allez me faire de la morale ! Et si je veux me promener, je me promènerai, compris ? » Alors il me dit : « Ne criez pas si fort. Tout le monde vous entend ! » Et moi je réponds : « Je crierai aussi fort que je voudrai. Je n'ai rien à cacher. Et si ça me fait plaisir de marcher hors des clous, je marcherai hors des clous ! Entendu ? » Alors il me dit : « Monsieur je vous fais des excuses. » Et moi je lui réponds : « Je ne les accepte pas. Il ne faut pas vous croire chez le Négus, mon petit. Vous allez voir, ce que vous allez voir ! Tout ceci peut vous coûter cher !... » Alors, il me dit : « Circulez... »

Aux premières paroles de son mari, Man Penhoat s'était mise à sourire. Après une minute, elle riait franchement. Pour finir, elle riait à gorge déployée.

— Il ne t'a pas demandé ton nom, cet agent ? questionna Man.

— Mon nom ? s'indigna Pa. J'aurais bien voulu qu'il me le demande mon nom !

— Ton adresse non plus ?

— Mon adresse !...

Pa cligna des yeux.

— Mais pourquoi ces questions ? interrogea-t-il surpris.

— Pour rien, dit Man. Simplement, parce que ce matin le facteur a laissé ici un petit mot qui t'intéresse.

Et Pa lut avec stupeur :

« Paris. 25 juillet. 1 700 francs d'amende pour outrages à un agent de la force publique... »

Alors, il poussa un profond soupir :

— C'est dangereux, le tabac carotte, dit-il. Et ça revient cher !

Et appelant Picou il ordonna :

— Va immédiatement me chercher un paquet de cigarettes.

PICOU ET LA GLOIRE

Pa Penhoat était un fervent et redoutable bouliste. Il avait remporté d'innombrables concours et ses exploits semaient la terreur dans toute la région. Une équipe de concours se compose de quatre boulistes : en principe deux poseurs et deux tireurs. Pa Penhoat était le premier poseur de la quadrette. Venaient ensuite, Jean-Marie, son grand ami, deuxième poseur ; puis un certain Job, dit Job la Messe parce que son père était sacristain, premier tireur ; enfin, un certain Francis, second tireur. Jean-Marie était taciturne, Job la Messe, grincheux ; Francis, volubile, intarissable. Mais aux jours des concours, ces traits de caractère se révélaient sans importance. Une seule consigne : silence ! Un seul mot d'ordre : obéissance. Pa, capitaine de la quadrette, ne tolérait aucune indiscipline. Seul, il parlait ; seul, il commandait ; seul, il imposait la tactique... Napoléon à Austerlitz n'était qu'un petit adjudant en comparaison de ce stratège des temps modernes... La quadrette s'appelait, en toute modestie, « la Formidable ! ».

Le concours de boules de Louannec, cette année-là, était doté d'un premier prix de 12 000 francs que Pa espérait bien remporter. L'épreuve devait se dérouler un dimanche, au début du mois d'août, et tout s'annonçait pour le mieux, lorsque brusquement, le jeudi, éclata une épouvantable nouvelle : Job la Messe, le premier tireur de la quadrette, était cloué au lit par une angine. Evénement aux répercussions désastreuses. Sans Job la Messe, la quadrette devenait bancale et risquait fort de connaître l'amertune de la défaite. C'est un coup du sort bien cruel pour un général d'être privé de son artillerie quelques jours avant une bataille décisive. Pa Penhoat, ce jeudi-là, se montra d'une humeur détestable.

Pendant tout le repas du soir, il harcela Picou de remarques fielleuses :

— Mange moins vite... Fais moins de bruit, s'il te plaît... Tes mains... Mange plus vite... Tes pieds... Laisse ta sœur tranquille... Tais-toi : on n'entend que toi. Tu me feras désormais le plaisir de te taire, lorsque tu sera à table... De mon temps, on laissait son père se servir d'abord... Les fourchettes ne sont pas faites pour les chiens... Dis quelque chose au moins : tu as l'air d'un ours... C'est bien la peine d'aller à l'école jusqu'à quatorze ans pour manger d'une pareille façon... Tes coudes... Tu te crois peut-être chez les cannibales !

— Mais laisse-le tranquille, supplia Man que l'énervement gagnait.

— Laisse-le tranquille, bondit Pa. Il ne manquait plus que ça. Laisse-le tranquille ! Je vois ; je comprends ; j'ai mis le temps, mais je comprends : en somme, je suis de trop ici. Je n'ai qu'une chose à faire : travailler, travailler et me taire ! Mais ça va changer. Il va y avoir de la musique !... Tes coudes, je te dis, tes coudes !

C'était toujours Picou qui supportait les effets de la mauvaise humeur paternelle. Il en avait acquis une douce et sereine philosophie et les colères volcaniques de son père n'altéraient nullement son appétit. La table était là, qui le séparait de son ancêtre et cette protection suffisait à sa quiétude... Cependant, quand, à la fin du repas, son père lui déclara d'un ton sans réplique qu'il avait deux mots à lui confier dans le creux de l'oreille, Picou s'assura, avant d'approcher, que la porte était grande ouverte pour le repli stratégique d'usage. Or, à son grand étonnement, son père lui parla avec une surprenante douceur.

— Ecoute, Picoutou, veux-tu faire partie de ma quadrette dimanche matin ?

Croyant à une plaisanterie, Picou resta sans réponse.

— C'est sérieux, continua Pa. Job la Messe, mon premier tireur est malade. Une angine. Il me faudrait quelqu'un pour le remplacer. J'ai pensé à toi. Je sais bien que tu n'as pas l'habitude des concours, que tu es jeune, émotif, maladroit...

— Tant qu'à faire, dis que je suis complètement godiche, lança Picou vexé.

— Je n'ai jamais dit godiche, rétorqua Pa. Je l'ai pensé, mais je ne l'ai pas dit.

— Alors, pourquoi me prendre dans ta quadrette ?

— Parce que... Parce que... As-tu fini de raisonner ! Ça ne sait même pas se moucher et ça veut déjà commander son père !... C'est oui ou c'est non ?

— Ça dépend.

— Ça dépend de quoi ?

— Si nous gagnons un prix, est-ce que j'aurai droit à ma part ?

— Il n'y a plus de jeunesse, soupira Pa, navré ! C'est quand même malheureux : il n'y a plus de jeunesse !

— Alors reprit Picou, c'est oui ou c'est non ?

— D'accord, dit Pa.

— *O.K.* dit Picou.

Au fond, il était très fier, Picou, de l'honneur qui lui était fait. Jouer aux boules, à quatorze ans, avec une équipe de chevronnés, voilà qui classe un collégien, bien plus que tous les succès scolaires. Même si Pa avait refusé de partager les prix, Picou, sans aucun doute, eût répondu à son appel. D'autant plus qu'en cas de victoire, les quotidiens régionaux porteraient son nom, peut-être même sa photo, jusqu'aux quatre coins de l'arrondissement.

Quoi qu'il en soit, le jour même une lettre partit vers Tréguier :

« Viens dimanche. Concours de boules. Mon père a besoin d'un bon tireur. J'ai accepté de jouer avec lui. Je pars à l'entraînement.

« Picou »

Le dimanche, par une matinée douce et sans vent, Floch faisait son entrée à Louannec.

— Ça carbure ? demanda-t-il anxieux.

— Ça carbure, répondit Picou.

Et il ajouta, exactement comme s'il allait franchir la Manche à la nage :

— Je me sens dans une condition physique éblouissante.

***

Le concours commençant à quatorze heures précises, Pa profita du dîner pour donner à son fils les ultimes conseils.

— Mange bien... Bois bien... Reste calme : ne t'énerve pas. Moi, je ne m'énerve jamais et c'est ce qui me sauve... Nat, laisse ton frère tranquille ou je t'administre une paire de taloches. J'aurais mieux aimé avoir dix garçons qu'une fille pareille... Rappelle-toi que tu n'es par un manchot... Picou, je te parle !... Pour tirer, prends ton temps, respire bien, vise calmement, et puis, feu ! De toute façon, n'aie crainte : je ne ferai aucun reproche... Mais si tu rates deux boules consécutives, je te garantis que tu auras droit à la grosse caisse !

Bien entendu, à la fin du repas, les nerfs de Picou étaient en déroute. Ceux de Floch aussi, qui commençait déjà à transpirer à grosses gouttes. Sur le coup de treize heures trente, ils prirent le chemin du champ de jeu. Floch portait les boules de son ami, car il importait évidemment, au premier chef, que Picou évitât toute fatigue.

Trente-deux quadrettes participaient au tournoi qui se déroulait, selon l'usage par éliminatoires.

Les deux premières parties que disputèrent Pa Penhoat et sa troupe furent véritablement sans histoires. La « Formidable » faisant preuve d'une écrasante supériorité l'emporta, chaque fois, par dix points à zéro. Pa Penhoat posait avec une précision diabolique. Picou tirait comme un phénomène, soulevant les applaudissements des spectateurs, ceux de Floch notamment. On sentait « la Formidable » irrésistible. Or, brusquement, à la troisième partie, la lutte devint plus âpre et Pa ne l'emporta que de justesse : dix points à huit. Puis, en demi finale, « la Formidable » repartit en trombe : dix points à deux !

Et, devant plusieurs centaines de spectateurs, ce fut la finale qui se disputait en douze points.

La quadrette que Pa Penhoat rencontrait sur son chemin pour cet ultime combat était composée de quatre charcutiers gras, joufflus, et roses à souhait et s'appelait : « La Bidoche. »

— Douze à zéro ! souffla Pa à l'oreille de Picou.

— Reste calme, dit Picou. Une partie n'est jamais gagnée d'avance.

— Douze à zéro, reprit Pa, piqué au vif. De ces charcutiers-là, je fais de la chair à saucisse...

En fait, ce fut « la Bidoche » qui démarra de manière fulgurante. Le premier poseur de la quadrette, malgré les pièges d'une allée semée de cailloux plaça d'emblée une boule à vingt centimètres du cochonnet.

— Il faut tirer, dit Picou.

— Il faut placer, dit Pa.

— Il faut tirer, dit Picou.

— Je place, dit Pa. C'est toi ou c'est moi qui commande ici ! Ce point-là est à ma portée... Je place et je gagne.

Pa se concentra, se pencha, fit glisser sa boule qui roula, roula... à un mètre au-delà du cochonnet.

— Trop fort ! remarqua-t-il dépité, sinon j'étais dessus.

— Il faut tirer, s'écria Picou.

— Tu m'énerves, gronda Pa. Je place ! et cette fois, je gagne.

Au milieu du silence attentif des spectateurs il se concentra de nouveau. La boule partit, sautilla en chemin et s'arrêta lamentablement à deux mètres du cochonnet.

— Trop court ! fit Pa terriblement vexé. Sinon j'étais dessus.

— Il fallait tirer, dit Picou... Des capitaines comme toi, on en trouve tous les jours au marché aux puces.

Cette réflexion, si elle fit rire les spectateurs, eut le don d'exaspérer Pa Penhoat.

— Toi, ordonna-t-il, à la maison. Et tout de suite.

— Mais je n'ai rien fait ! s'indigna Picou.

— A la maison ! hurla Pa en courant après son fils. Je ne veux plus te voir. Allons ! Chez ta mère ! Et tu pourras toujours, à l'avenir, me demander de faire partie de ma quadrette.

— Il fallait tirer ! gémit Picou.

— Il fallait tirer ! appuya Floch.

— Il fallait jouer ! rugit Pa. Et puis, toi, d'abord, tu n'y connais rien, ajouta-t-il à l'adresse de Floch. Je n'ai jamais encore été commandé par des apprentis.

Jamais ! Et ce n'est pas aujourd'hui que ça va commencer ! Allons, au jeu !

Il fallait tirer, c'était l'évidence même. Il est très difficile, sinon impossible, de l'emporter sur une boule placée à vingt centimètres d'un cochonnet. Mais Pa, têtu, ne voulut point céder et obligea ses partenaires à jouer. Jean-Marie, puis Francis ratèrent leurs deux boules. Picou fit de même, et, dès le premier engagement, « la Bidoche » marqua six points. Six à zéro ! C'était presque une catastrophe. Sur le bord de l'allée, Floch était devenu pâle comme un mort !

C'est alors que Pa Penhoat se révéla digne des plus célèbres capitaines que connut l'histoire. Sachant bien que, pour une troupe, il n'est pas de meilleur stimulant que l'exemple donné par le chef, il colla littéralement au cochonnet. Avec une régularité déconcertante, ses boules se jouant des pièges de l'allée, vinrent se poser à dix centimètres de l'objectif, au grand désespoir des charcutiers... Il fallait le voir, Pa Penhoat, en ces moments décisifs. Il pliait le jarret plongeait le corps en avant, et, d'un œil luisant, fixait le cochonnet. Il fixait le cochonnet pendant cinq, dix, quinze secondes, puis son coude se levait doucement, retombait plus doucement encore, et la boule filait, vers la victoire. Cependant que la boule filait, Pa, le corps toujours plongé en avant, la suivait d'un œil inquiet, puis d'un œil confiant, puis d'un œil victorieux. Après quoi, il se redressait d'un coup de reins et promenait sur la foule admirative un regard triomphant.

Six-un...

Six-trois...

Six-cinq...

Sept-cinq...

Huit-cinq...

Huit-sept...

Huit-huit...

Le combat était acharné. Pa continuait de sortir son grand jeu. Picou, les taches de rousseur plus belliqueuses que jamais, tirait, tirait sans relâche. Mais « la Bidoche » défendait ses chances avec âpreté et refusait de s'avouer vaincue. Sur les bords du terrain, les spectateurs retenaient leur souffle et suivaient la lutte avec passion. Picou avait de nombreux partisans. Quand ils s'apprêtait à tirer, des encouragements partaient de tous côtés : « Vas-y Picou ! » Et chacun de ses exploits était accueilli par de frénétiques acclamations...

Dix-huit.

Dix-dix.

Dix-onze.

Onze-onze.

Un seul point manquait aux deux équipes pour remporter la victoire. La foule se fit encore plus silencieuse. Floch, au premier rang, mangeait son mouchoir.

— Au jeu ! dit Pa avec solennité.

Les boules partirent et s'éparpillèrent aux alentours immédiats du cochonnet. Et il ne restait plus que Picou en action. Et il s'apprêtait à son tour à jouer ses deux boules quand soudain, Pa Penhoat qui examinait le champ de jeu avec une vive attention, s'écria :

— Minute !

Et désignant une boule appartenant à « la Bidoche », il parla :

— Cette boule que voilà, nous vaut le point. Onze et un douze. Si tu la tires, la partie est morte.

Un frisson parcourut les rangs pressés des spectateurs, Picou se sentit presque défaillir. Il saisit sa première boule, se concentra, visa, tira... La boule partit dans l'air et tomba à vingt centimètres en arrière de l'objectif.

— Raté ! gémit Pa en se tirant les cheveux ! Raté ! Mais c'est un crime de manquer une boule pareille. Tu as fait exprès ! n'est-ce pas ! Avoue ! Tu as fait exprès ! Je l'ai bien vu ! Mais je te l'ai par-dessous la jambe, moi une boule comme ça ! Je vais te faire apprendre l'histoire de France, tu vas voir ! Allons, tire encore, tire !

La foule éclata de rire. Picou, blême, se prépara de nouveau.

— C'est le moment de montrer ce dont tu es capable, gronda Pa. Si tu la rates, moi je ne te rate pas. Tu as suffisamment fait le guignol pendant l'année scolaire. Tâche au moins d'être sérieux maintenant !

Picou se mit à trembler :

— Je la rate, fit-il.

— Je te défends de la rater !

— Je la rate. J'en suis sûr !

— Mais non ! tonna Pa. Aie confiance.

— Je suis sûr ! Je le sais d'avance, balbutia Picou.

— Mais non, dit Pa en changeant de tactique, et en se penchant doucement. Allons Picoutou ! Allons, mon petit garçon ! Elle est facile, cette boule. Tu la pulvérises ! Même en fermant les yeux, tu la pulvérises. Allons mon enfant, vas-y !

Picou, une fois encore, se prépara. Il quémanda un encouragement en direction de Floch qui, au bord de l'évanouissement, eut tout de même la force de sourire. Il se concentra :

— Prends ton temps, murmura Pa. Vise ! Tu la pulvérises !

Picou se concentra longuement, visa longuement. On eût entendu une mouche voler, tant la galerie était silencieuse.

— Vas-y, mon petit ! Vas-y !

La boule partit, vola trois secondes dans les airs.

— Ça y est, hurla Pa ! Elle est morte !

— Elle est morte, hurla Floch, en bondissant sur Picou.

— Ouf ! dit Picou. Ouf !

Et tandis que les spectateurs applaudissaient à tout rompre, il essuya son front couvert de la sueur et de la poussière des dures victoires...

⁂

Cinq minutes après ce dernier triomphe, Floch entraîna Picou à l'écart.

— J'ai une nouvelle importante à t'annoncer, commença-t-il mystérieux. Tout à l'heure, pendant que tu tirais, tu as été photographié par le rédacteur de *l'Ouest-Indépendant.* Demain, ta photo sera dans le journal...

C'était la première fois que Picou remportait un concours de boules. C'était la première fois qu'il déclenchait par ses prouesses l'enthousiasme d'une foule d'adultes. C'était la première fois que la Presse s'intéressait à sa personne ! Que d'émotions en une même journée... La gloire ! C'était la gloire ! De toute la nuit, il ne put dormir...

Et le lendemain matin il se précipita au dépôt de *l'Ouest-Indépendant.* Floch avait dit vrai. Sa photo s'étalait en plein milieu de la page régionale avec la légende suivante :

« Picou, le tireur de « la Formidable », en pleine action. »

Eh oui ! c'était la gloire...

Picou s'examina longtemps, avec aux lèvres un sourire affectueux ; puis il alla se regarder dans la glace et revint au journal. C'était bien lui. Il n'y avait pas d'erreur ! Et on peut dire qu'il avait de l'allure ! La boule à la main, le corps légèrement courbé, le visage décidé, l'œil froid et perçant, il avait tout l'air d'un authentique champion. Et puis, cette légende, cette légende qui explosait comme une salve d'honneur !...

Dix fois Picou se regarda ; dix fois il lut et relut la légende. Il savourait délicieusement ces minutes inoubliables. Un trouble merveilleux, enivrant, l'envahissait à la pensée que sa photo, à dix mille, à vingt mille exemplaires peut-être, allait être répandue à travers la région.

Et il acheta dix exemplaires de *l'Ouest-Indépendant*, Il entoura sa photo au crayon rouge et expédia les dix journaux aux quatre coins de l'arrondissement : au Supérieur de son collège, au préfet de discipline, aux surveillants, à quelques amis. Bien entendu, son exploit ne manquerait pas de susciter un émerveillement général, et il recevrait de toutes parts des lettres de félicitations ! Au moins dix !

Un jour passa. Deux jours, trois jours, quatre jours passèrent. Pas une lettre ! Picou en fut vivement déçu ! Décidément, tous ces gens-là étaient insensibles à la gloire et au panache ! Quel exploit fallait-il donc accomplir pour attirer leur attention et leurs éloges !

Le cinquième jour, enfin, une lettre arriva :

« Ta photo était parfaitement réussie. J'ai acheté une paire de boules.

« Signé : Floch. »

LES HOMMES DE QUINZE ANS

A sept heures ce matin-là, comme tous les matins depuis vingt ans, l'Abbé François Cadic traversa la ville encore endormie et s'en alla, de son pas lent de sexagénaire dire la messe aux religieuses et aux élèves de la Providence. Dans l'antichambre de la sacristie, l'Abbé Cadic frotta ses chaussures contre le paillasson, retira sa pèlerine aux agrafes d'argent et enleva son couvre-chef.

C'était un vrai chapeau d'écclésiastique que le couvre-chef de l'Abbé Cadic, rond comme une coupole, profond comme une caverne, majestueux comme une toque de cardinal avec, à l'intérieur, une bande de cuir qui protégeait le feutre contre l'humidité de la transpiration. Donc l'Abbé Cadic enleva son chapeau et, tout à coup son regard fut attiré par un morceau de papier blanc glissé entre le feutre et la bande de cuir. Un papier ? En cet endroit ? L'Abbé Cadic plongea la main dans son couvre-chef et fit venir à la surface une feuille soigneusement pliée en quatre. Dépliée, cette feuille faillit provoquer une émotion tragique.

« Ma chère Marie-Renée.

« Six heures et demie. Je viens de terminer ma ver-
« sion latine. J'aurai la moyenne comme d'habitude.

« Le surveillant me regarde. Je trouve que le surveil-
« lant a vraiment tendance à me regarder.

Je m'ennuie de plus en plus au collège. Tu as le
« bonjour de Floch. Dire que de ma fenêtre, pendant
« les vacances, je vois la cheminée de ta maison.
« Quel souvenir !

Kenavo ! A bas le latin, les surveillants et tous les
« collèges de la planète... Tout à l'heure, j'irai glisser
« mon papier dans le chapeau de François... Il en
« ferait une tête s'il savait... Cent mille baisers.

Picou »

L'Abbé Cadic clignota frénétiquement des paupières, rougit, relut. A bas le latin ! A bas les collèges ! Oh ! oh ! Et, comble d'audace, transformer en boîte à lettres le vénérable chapeau d'un vénérable écclésiastique ! Une sanction, une seule : le renvoi !

Durant la messe, l'Abbé Cadic accumula les distractions. Il ne pouvait s'empêcher de penser à la dénommée Marie-Renée, perdue dans la chapelle au milieu de ses trois cents compagnes. Une dévergondée, pour sûr, cette Marie-Renée ! Une de ces jeunes personnes modernes, gâtées à l'extrême, outrageusement fardées et qui, les samedis et dimanches, s'en vont de bal en bal se contorsionnant de manière provocante. Il exigerait aussi le renvoi de Marie-Renée. Et de deux ! Aujourd'hui même les amoureux feraient leur valise...

Après les dernières prières, l'Abbé Cadic revint à la sacristie, ôta ses ornements, revêtit sa pèlerine, s'empara de son chapeau. Il s'empara donc de son respectable chapeau, en examina l'intérieur. Stupeur ! Epouvante ! La bande de cuir cachait une nouvelle feuille blanche :

« Mon cher Picou.
« J'ai été première en version latine avec 16 et

« 3 points d'avance sur la seconde. Toi aussi tu « pourrais être premier si tu le voulais. Tu vas « encore dire que je te secoue... Où que l'on « soit, dans la vie, il y a toujours des murs ! Baîlle « moins.

« Je t'aime bien quand même.

Marie-Renée »

— Le toupet ! bredouilla l'Abbé Cadic de plus en plus éberlué. O ! ciel, quelle génération.

Et pèlerine au vent, il fila vers le collège décidé à une épreuve de force immédiate...

— Picou, apportez votre cahier !

Sans méfiance, Picou vint au bureau

— Cahier mal tenu. Zéro... Récitez votre leçon.

— Euh... J'avais perdu mon livre.

— Zéro... Regagnez votre place.

Picou s'assit avec sa nonchalance coutumière.

— Zéro encore pour votre laisser-aller. Et ce n'est pas fini. J'ai deux mots à vous dire, seul à seul.

Les élèves ployaient les épaules sous cet orage inattendu. A l'ordinaire, l'Abbé Cadic était la douceur faite homme. En dépit de trente années d'enseignement, il avait su se protéger de la cendre des théories et de la sécheresse des manuels. Il connaissait intimement tous ses élèves et pour chacun d'eux, au fond de son cœur, se levait une amitié prête à tous les pardons. Mais transformer en boîte à lettres un chapeau si dignement porté. Le tourner en ridicule, lui, l'Abbé Cadic ! Il est des crimes sans absolution.

Cependant, dans les replis les plus intimes de son cœur, l'Abbé Cadic gardait pour ses enfants des trésors d'affection vraiment inépuisables, et, lentement, sa colère se dissipa. Sans nier que cet échange épistolaire méritât la plus sévère des punitions, il était impossible de lui refuser une plaisante et saine originalité. De plus, cette Marie-Renée était première en latin, et avec trois points d'avance sur la seconde. De plus, elle avait cent fois raison de secouer Picou, grand amateur des pentes faciles. De plus, son écriture, ferme et sans mièvrerie révélait un caractère et l'Abbé Cadic aimait les fortes natures... De plus, de plus... Bref, après une demi-heure hargneuse et explosive, l'Abbé Cadic accorda une rémission totale aux deux délinquants, et, en secret, ajouta le chiffre « un » devant les zéros de Picou, lui donnant ainsi, une fois de plus, sa fameuse moyenne. Sachant bien ce qui allait advenir, il étouffa le sursaut amusé de sa conscience et accrocha son chapeau comme les jours précédents, sur le palier de sa chambre.

Et le lendemain matin, c'est avec un brin d'émotion et une bienveillante curiosité qu'il déplia le morceau de papier blanc.

« Ma chère Marie-Renée.

« J'ai eu peur. Trois zéros en vingt secondes. J'ai « bien cru que nous étions découverts. Non. A la « fin de la classe, François était devenu le bon « père tranquille de tous les jours.

Ce soir encore, j'ai baîllé vingt-sept fois pendant « l'étude. Je suis fait pour le large. J'ai une âme « de pionnier. Plus tard, nous ferons ensemble le « tour du monde. Tu as le bonjour de Floch. Trois « cent mille baisers.

Picou »

— Le chenapan ! fit l'Abbé Cadic en riant. Il n'a même pas songé à la féliciter pour sa première place en version latine !

L'office terminé, il bondit sur son chapeau :

« Mon cher Picou.

« Nos échanges de lettres me donnent du remords. « Et puis, il me faut prendre des risques. Me faufiler

« dans l'antichambre de la sacristie. Glisser le papier.
« Au fond, c'est peut-être ça l'amour : prendre des
« risques.

Et si l'Abbé Cadic venait à savoir ! J'ai peur !

« Hier soir, pendant l'étude, un rouge-gorge est
« venu sautiller sur la fenêtre... Je pense à toi...

Marie-Renée »

— Quelle délicatesse ! murmura l'Abbé Cadic. J'ai du reste remarqué que ceux qui aiment le latin sont, en général, de nature délicate...

Il lui vint soudain l'envie de connaître cette Marie-Renée et il la fit appeler par la religieuse de la conciergerie. Une adolescente s'avança, rouge, tremblante :

— Je ne recommencerai plus... bredouilla-t-elle.

L'Abbé Cadic sourit :

— J'ai appris que vous étiez première en version latine. Je tenais à vous faire mes compliments...

***

Et l'année scolaire continua, avec sa trame de jours gris et de jours joyeux. Le chapeau, chaque matin, se remplissait des soupirs ennuyés de Picou, des admonestations ou des confidences attendries de Marie-Renée. Les vacances de Noël parurent interminables à l'Abbé Cadic tant il brûlait d'entendre à nouveau les tirelis des deux amoureux. Or, le second trimestre à peine annoncé il fut assailli par une grippe sournoise qui le contraignit à garder la chambre. Il était alité depuis quelques jours avec quarante de fièvre quand on frappa à sa porte :

— Entrez !

— Bonjour Monsieur Cadic.

— Bonjour Picou

— Et cette grippe ?

— J'ai mal au dos. Je transpire. Je grelotte. Je meurs.

— Il faut se méfier de la grippe, dit Picou. Il est bon d'éviter les imprudences.

Et, comme par hasard, il ajouta :

— Bien entendu, il vous sera impossible d'aller dire la messe à la Providence avant quelques jours.

— Bien entendu.

— Qui vous remplace ?

— L'Abbé Rivoal.

Picou eut une moue de déception et, malgré les courbatures et les frissons, l'Abbé Cadic, réprima avec peine une douce envie de rire : sacrifiant à la banalité et à la mode sportive, l'Abbé Rivoal ne portait qu'un béret basque.

— Bien, dit Picou. Bon. Très bien. Je voulais tout simplement vous dire bonjour. Je retourne à l'étude.

Il arpenta la chambre, regarda la fenêtre, regarda l'ampoule, regarda à droite, regarda à gauche, regarda partout sans regarder nulle part et enfin, regarda son professeur d'un air si désolé que l'Abbé Cadic fut saisi de compassion.

— Ça va beaucoup mieux, dit-il dans une quinte de toux. La fièvre tombe. Lundi matin, je reprendrai ma classe.

— Et vous irez dire la messe à la Providence ? Attention. Dehors, il fait à peine quatre degrés.

— Ma carcasse est solide fit l'Abbé Cadic. Et puis, ma pèlerine me protège. Et aussi mon grand chapeau. C'est pratique un pareil chapeau...

Picou rougit comme une lune d'équinoxe et se baissa avec rapidité pour relever une chaussette parfaitement en place.

— Alors, à lundi ! dit-il en pivotant vers la porte. Nous serons heureux de vous revoir.

— Une seconde... Avance... Viens plus près... Où en es-tu de ton travail ?

— J'ai la moyenne, dit Picou.
Et il disparut.

⁂

Le trimestre poursuivit son bonhomme de chemin, les jours sautillant les uns après les autres vers la lumière de Pâques. L'Abbé Cadic avait repris la route de la Providence et, tous les matins son chapeau remplissait son étrange mission.

« Je m'ennuie, je baîlle et je t'aime », disait Picou.

« Attention aux rêves, disait Marie-Renée. Baîlle « moins. Je pense à toi. »

Ce n'était peut-être qu'une idylle sans lendemain, naïve et charmante, comme il en naît des millions chaque année par le vaste univers. Mais pour l'Abbé Cadic cet amour-là était enchanteur, unique, éternel.

Or, brusquement, en plein milieu du froid et sec février, alors que Picou était au moins au milliard de baisers quotidiens, ses notes croulèrent comme s'effondre une façade depuis longtemps lézardée. En anglais, il fut trentième sur trente-trois ; en histoire, il rendit copie blanche ; en thème latin, il fut avant dernier. C'était la débandade. Aux exhortations pressantes de Marie-Renée, répondirent d'abord des plaisanteries, puis des moqueries, puis des sarcasmes. Et, un jeudi matin, c'est vainement que le professeur chercha dans le repli de son couvre-chef la lettre de son élève. Le chapeau resta vide le lendemain, puis les jours qui suivirent. Picou ne se dérangeait même pas pour chercher les billets tachés de larmes que lui adressait Marie-Renée. Le roman d'amour était fini, bien fini. Après une semaine d'ardentes supplications, Marie-Renée, elle-même cessa d'écrire.

Alors l'Abbé Cadic recourut à une savante manœuvre.

« L'Amour ». Tel fut le thème du devoir qu'il

donna à ses élèves. Picou écrivit trois pages désenchantées sur la vanité des tendresses humaines Le professeur répondit par une envolée de grand style, en principe adressée à toute la classe. « L'Amour », c'est la fidélité...

L'Amour est un trop beau sentiment pour qu'on s'en amuse... Malheur au parjure ! Les élèves écoutaient, les yeux ronds, bouche grande ouverte. Picou ricanait en silence. Il s'était mué, ce Picou, en un singulier personnage, laissait pousser les trois poils de son menton, répondait aux surveillants, répondait aux professeurs et traînant la savate avec un air de profond dégoût. Cependant, sur le chemin de la Providence, l'Abbé Cadic promenait avec tristesse son vénérable chapeau. Ce vénérable chapeau que parfumait naguère toute la grâce des printemps et qui n'était plus qu'un couvre-chef pareil à n'importe quel couvre-chef, sans joie ni trésor secret.

⁂

Picou attendait pour se lever que la cloche sonna onze heures. Au-dehors, il pleuvait et de grosses gouttes cognaient contre les fenêtres. Veilleuse. Pénombre épaisse dans les recoins du dortoir. Floch ronflait doucement. Les élèves dormaient. La cabine du surveillant était plongée dans l'obscurité. Seul Picou veillait, côté gauche, côté droit, et remontait nerveusement ses couvertures.

Onze heures enfin sonnèrent. Onze coups lents, feutrés par les ténèbres humides. Picou se leva sans bruit, enfila son pantalon et sa veste, et sortit du dortoir comme une ombre. Sans allumer il traversa le palier et entra dans la chambre de l'Evêque. Il avança à tâtons, trouva le fauteuil, s'y installa et poussa un profond soupir. La chambre de l'évêque était devenue son refuge nocturne. Il s'y enfermait toutes les nuits, loin de ses camarades, loin du surveillant, loin de cette vie d'internat qui, désormais, lui était insupportable. Il s'y trouvait bien et ne courait guère de danger, la chambre n'étant occupée que deux ou trois fois l'an par l'évêque du diocèse ou une notabilité écclésiastique de passage.

Picou alluma une cigarette en prenant bien soin de cacher la lueur de son allumette, car l'œil du préfet de discipline habitait juste au même étage dans le bâtiment d'en face. Puis il laissa vagabonder son imagination... Morte Marie-Renée... Mortes aussi les exigences stupides de l'internat... Lui, Picou, ne pouvait plus vivre dans la ouate opaque et étouffante du collège. Partir. Il lui fallait partir. Aux prochaines vacances de Pâques, il annonce à son père qu'il arrête ses études. Le père crie, se fâche. Picou reste intraitable. Il part...

Un très léger craquement fit tressaillir les ténèbres et Picou eut le sentiment d'une présence, tout près. Il se redressa, tendit l'oreille, fut sur le point de déguerpir, mais le silence revint bercé par le chuintement de la pluie contre les vitres. Donc, Picou part. Vers quel continent, il ne le sait pas encore. Peut-être vers les plateaux du Tibet, ou vers les forêts du Vénézuéla, ou vers les Iles Kerguelen, là-bas, à quelques brasses du Pôle Sud. Il en a assez d'être commandé, puni, écrasé. Il part. La sirène du bateau lance son appel poignant. La côte se dérobe. Le monde s'offre, rond, doré, plein de richesses et d'aventures... Et c'est alors que l'obscurité parla :

— Moi aussi, je prendrais bien une cigarette !

Picou jaillit du fauteuil, comme poussé par de formidables ressorts.

— Moi aussi je fumerais bien !

Abandonnant cigarette et allumettes, Picou fonça. Il n'était plus question de partir vers les Kerguelen mais de regagner le lit dans les délais les plus brefs. Picou fit irruption dans le dortoir, heurta une table de nuit, poursuivit dare-dare son chemin, buta contre un pilier et s'écrasa de tout son long dans un épouvantable vacarme. Les élèves s'agitèrent. Tous les becs s'allumèrent en même temps, et le surveillant, un manteau sur les épaules, jaillit de sa cabine.

— Ce n'est pas moi, gémit Picou.

— Veuillez vous coucher, dit le surveillant avec une courtoisie méprisante. Nous aviserons demain...

Le lendemain ce fut le conseil de discipline.

— Une seule punition, le renvoi, énonça le préfet.

— Renvoi ! appuya le surveillant.

— Renvoi ! opinèrent en même temps, les professeurs de mathématiques, d'anglais, d'histoire, de sciences naturelles et de gymnastique.

Picou venait de comparaître devant le tribunal et, tandis que ses juges délibéraient il attendait, dans le couloir, l'annonce du verdict.

— Donc, le renvoi s'impose, trancha le préfet.

— Il répond, dit le surveillant.

— Il baîlle, dit l'un.

— Il dort, ajouta un troisième.

— C'est un cas désespéré, conclut le préfet. Il n'y a pas de remède.

— Il y a toujours un remède, murmura l'Abbé Cadic jusqu'alors silencieux.

— Et quel est ce remède ? interrogea le préfet, sceptique.

— Faites-moi confiance, dit l'Abbé Cadic. Je connais les hommes de quinze ans.

Suivirent dix minutes d'âpres discussions, au bout desquelles Picou revint devant ses juges. Il ployait les épaules et rasait le sol du regard

— Vous l'échappez belle, annonça le Préfet. Retournez à l'étude...

Picou considéra avec incrédulité les visages qui

l'entouraient. Tous étaient durs. Seul, l'Abbé Cadic souriait :

— Qu'est-ce que vous attendez ? J'ai dit à l'étude.

Picou déguerpit sans demander son reste et deux heures plus tard, il se retrouva avec l'Abbé Cadic, en classe de français. Et l'Abbé Cadic parla encore de l'amour... « L'Amour sait comprendre... L'Amour sait pardonner... Une confidence et l'homme abattu reprend force et courage. » Et si passionné, si convaincant fut l'Abbé Cadic que, le lendemain matin, lorsqu'il se précipita sur son chapeau, il poussa un cri de victoire. Ah oui, il les connaissait bien ses hommes de quinze ans.

« Marie-Renée... Je n'ose pas t'écrire et je t'écris
« quand même. J'avais pris l'habitude d'aller fumer
« la nuit dans la chambre de l'évêque. Or l'autre
« nuit, un évêque y dormait. J'ai passé en conseil
« de discipline. Je suis sûr que c'est notre ami
« François qui m'a sauvé. Je n'ose pas t'écrire. Et
« pourtant l'amour sait tout comprendre, tout par-
« donner, tout oublier.

Picou »

Mais, à la fin de la messe, le billet était toujours dans le chapeau car Marie-Renée ne venait plus faire sa ronde à la sacristie. L'Abbé Cadic se pinça l'oreille avec perplexité, puis il sourit, se dirigea vers la conciergerie et demanda Marie-Renée.

— Alors, toujours première en latin?

— Cinquième seulement.

Elle secoua la tête tristement, contempla le sol avec de grands yeux humides.

— Bon, dit-il... Au revoir... Je retourne au collège... Oh, à propos, j'ai oublié mon bréviaire à la sacristie. Allez donc me le prendre.

Une minute passa. Une autre minute. Marie-Renée parut, légère, sautillante.

— Vous aviez aussi oublié votre chapeau, dit-elle radieuse.

— Je suis toujours aussi étourdi, fit l'Abbé Cadic en s'éloignant.

Le chapeau contenait un petit billet griffonné à la hâte.

« Je continuais de penser à toi. Je suis heureuse.

Marie-Renée »

⁂

La nuit suivante, l'Abbé Cadic fit un beau rêve. Il célébrait un mariage et, à la fin de la messe, les jeunes époux lui firent confidence

— Nous avons un aveu à vous faire, dit le marié.

— Si grave... ?

— Votre chapeau... dit la mariée.

— Qu'est-ce qu'il a mon chapeau ?

— Il servait de boîte à lettres.

— Gredins, s'indigna l'Abbé Cadic...

Les cloches sonnaient à toutes volées au-dessus de la campagne bretonne.

LE PRESIDENT DE LA REPUBLIQUE

« Ici le Parc des Princes, où va se jouer la finale de la Coupe de France entre le Stade Rennais et l'Olympique de Marseille...

« Temps radieux — 45 000 spectateurs... Entouré de plusieurs ministres, le Président de la République s'est installé dans la tribune d'honneur... Et voici, dans un tonnerre d'acclamations que les deux équipes font leur entrée sur la pelouse. En tête des deux formations j'aperçois le Marseillais Agostini et le Breton Picou qui portent les brassards de capitaine. Dans les tribunes, ça crie, ça hurle, ça joue du clairon, du biniou... Provence contre Bretagne... ! On ne pouvait rêver plus belle finale... Et ça promet ! »

Le match allait commencer, Picou jouait ailier-gauche, et, c'était sûr, il accomplirait de formidables exploits que radio et télévision feraient connaître dans toutes les maisons de France. Et voilà que, brusquement, il transpirait, tremblait. Ses chaussures neuves pesaient chacune cent tonnes... Il jeta un coup d'œil vers la foule, dans l'espoir de découvrir son père et Floch ce qui lui aurait donné un peu de courage. Mais il ne voyait que des têtes, une marée de têtes qui s'agitaient au milieu d'un vacarme de tempête. Picou restait cloué au bord de la touche et il avait beau se dire qu'un capitaine ne doit pas trembler, il tremblait de plus belle. Et pourtant, ce match, il l'avait préparé avec minutie et passion, en imaginant à l'avance toutes les péripéties, virevoltant, feintant, shootant sous tous les angles, multipliant les roueries et les ruses. Mais l'insidieuse panique s'était glissée en lui. Il tremblait. Il avait envie de pleurer. Il voulait fuir. Soudain, le ballon fusa dans sa direction. Il banda toutes ses forces. Il essaya de bondir. Il bondit. Ses jambes se firent légères. Il courut comme un lièvre...

Quelle finale ! 1 à 0 ; 1 à 1 ; 2 à 2 ; 3 à 2 ; 3 partout. Picou avait comme adversaire le célèbre Marseillais Takanovitch. Un fameux arrière, ce Marseillais. Solide comme le phare des Sept-Iles. Aussi souple qu'un chat. Picou feintait, dribblait, virevoltait. Rien à faire. Takanovitch était toujours présent. Le duel entre les deux hommes tenait de l'épopée. La Bretagne scandait :

— Picou ! Picou !

Mais il était plus dur de dépasser Takanovitch que de franchir le mur de l'Atlantique. Une fois cependant, Picou mit son adversaire dans le vent : le Marseillais le harponna par le maillot. Horrifiée par cet épouvantable scandale, la Bretagne exigea le pénalty, mais l'arbitre laissa jouer. 72e minute, Egalité. 75e minute, un shoot du Marseillais Césarini dans la barre... C'est à la 76e minute que se produisit le drame. Picou se mit à boiter. D'abord il traîna légèrement la jambe droite. Puis, il boitilla. Puis, il boita. Il sortit quelques instants se faire soigner sur la touche. Mais quant il revint, il boitait toujours si bien que Takanovitch appela son demi aile Ben Tatar et lui intima l'ordre de marquer Picou.

— Celui-ci est mort, dit-il. Je pars à l'attaque. Il faut gagner. Et il se propulsa vers la défense rennaise comme un panzer vers l'ennemi... Picou boitait toujours et de temps en temps se tenait la cheville en serrant les dents avec douleur. Marseille dominait et, dans les tribunes, la Bretagne se dissolvait dans l'angoisse. Takanovitch envoya un fantastique boulet que le goal rennais bloqua à l'horizontale. Contre-attaque. Le ballon tournoie dans le bleu du ciel. Il traverse les trois quarts du terrain. Il parvient à Picou. Et avec un sourire en coin, un sourire de Trégorrois qui vient de berner son monde, Picou fonce vers Ben Tatar. Ah ! Il est bien question de boiterie ! Comme Napoléon à Austerlitz, Picou simule l'attaque sur le flanc droit. Ben Tatar, qui ignore les classiques militaires, dirige ses longues béquilles de ce côté. Mais déjà Picou fuse sur la gauche, se redresse, pousse le ballon et part vers le but, qui est à vingt-cinq mètres et où le goal Pasquini hésite à sortir. La Bretagne hurle si fort qu'on dirait l'explosion d'un volcan. Picou a des jambes de gazelle. Il court, il galope. Soudain, derrière lui, il entend une puissante galopade. C'est le Panzer qui revient à la charge. Picou galope de plus belle. Le goal jaillit comme une fusée. Picou — il avait aussi préparé ce coup-là — lui glisse le ballon entre les jambes. Le souffle de Takanovitch lui brûle la nuque. Picou shoote, suit le ballon et s'écrase dans les filets... Tohu-bohu effrayant... Biniou... Invasion du terrain... Le match était gagné.

⁂

Et ce fut la remise de la Coupe, que Picou, en qualité de capitaine, devait recevoir des mains mêmes du Président de la République. Escorté d'une meute délirante, mitraillé par les photographes et les cameramen, il monta vers la tribune d'honneur.

— Un autographe ! demanda une voix avide.

— Chaque chose en son temps ! fit Picou avec dignité.

Il était grand le Président de la République. A tous les repas de famille, Tonton Emile, l'un des vieux oncles de Picou, racontait qu'à Verdun, il avait serré la main de Poincaré. C'était bien, Poincaré, mais ce président qui était face à Picou c'était autre-chose ! Il était grand comme une cathédrale. Ses épaules portaient des années d'histoire, de traverses et de gloire. Picou le contemplait, les yeux brillants.

— Heureux de vous voir, dit le Président. Vous irez loin, vous.

« Vous serez international !

Il serra la main de Picou.

— Donnez le bonjour à votre père et à Floch. Les Bretons, je connais ça ! En 1940, ils étaient la moitié de la France.

Là-dessus, il saisit la coupe avec solennité. Il la leva comme un ostensoir. Il allait la remettre à Picou. Il tendait ses deux longs bras et allait remettre la coupe de France au Capitaine Picou, quand ce dernier, brusquement, fit un bond terrible. Il crut tout d'abord que c'était Takanovitch qui l'attaquait à nouveau. Puis il se frotta l'œil gauche, se frotta l'œil droit :

— Qu'est-ce qui se passe ? Où suis-je ?

— A l'étude, dit le surveillant.

— Ça alors ! fit Picou.

— Vous dormiez !

— Il ne dormait pas, dit Floch. Il réfléchissait.

— Vous, silence !

— En vérité, dit Picou, se passant la main dans les cheveux, je crois bien que je dormais.

Le surveillant s'éloigna sans plus de commentaires. C'était un brave garçon de surveillant qui se rappelait avoir dormi, lui aussi, naguère, pendant les études.

— Je ne sais pas ce que tu avais, dit Floch. Tu n'arrêtais pas de gigoter !

Le mot « gigoter » lacéra Picou comme une insulte. Gigoter ! Comme si on gigotait en finale de la coupe de France. On vire, on feinte, on trompe l'adversaire, on marque des buts splendides ; on est Dieu, ou presque. Mais sous les acclamations de 45 000 spectateurs, sous les yeux du Président de la République, on ne gigote pas.

— Tais-toi, dit Picou, durement.

— Mais...

— Tu ne comprendras jamais rien.

Floch se recroquevilla, tout triste. Picou se prit la tête à deux mains, ferma les yeux et essaya de se réfugier dans la mystérieuse caverne des souvenirs. Mais dans cette étrange demeure, où passent et repassent tant de rêves, tout, déjà, n'était que fantômes brumeux et insaisissables. Evanoui, l'enthousiasme de la foule. Evanoui, Takanovitch, le panzer marseillais. Evanoui, le Président de la République. Evanoui, l'or du songe.

— Je n'aime pas notre époque, grommela Picou. Il y a des surveillants partout. On n'a même plus le droit de rêver.

Floch ne répondit pas.

— Ne sois pas triste, dit Picou. Je suis ridicule !

Il sourit, d'un sourire un peu forcé où traînait encore le dernier brouillard des récentes nostalgies.

— Si, pendant les vacances, tu rencontres le Président de la République, du côté de Tréguier, tu lui donneras le bonjour de ma part. Il se souviendra de moi.

Floch regarda son ami avec ahurissement et Picou cette fois, éclata d'un rire rentré et joyeux. Il était maintenant tout à fait éveillé. Il retrouvait Floch et ses amis. Il n'y aurait jamais de Parc des Princes ;

jamais de Président. Mais il était heureux. Il avait envie de pincer Floch, de se lever, de chanter.

— Tu es mon ami, dit-il.

— Je le concède, dit Floch. Mais j'ai du mérite. Je ne réussirai jamais tout à fait à te comprendre.

PETITE CAROLINE

« Chère Marie-Françoise... Chère Marie-Françoise... Chère Marie-Fran... »

Avec de petits gloussements secs et nerveux, Floch suça l'extrémité de son stylo. Il suça l'extrémité de son stylo avec des gloussements nerveux et irrités, puis, après un clin d'œil vers le surveillant d'études, longuement, rêveusement, il considéra le plafond. Des mouches se poursuivaient ; des araignées somnolaient dans leurs toiles ; des moustiques dansaient tout près du globe électrique. Et voilà que soudain s'évanouirent mouches, araignées, moustiques et globe électrique. Sur le plafond une frêle silhouette se dessina. Une silhouette frêle, aux cheveux blonds, au cou long et gracile, qui tendit les mains vers Floch, sourit une fois, sourit deux fois, puis se dissipa comme une image de rêve... Floch poussa un soupir douloureux, puis, reprenant son stylo, pointa de nouveau le nez sur le papier à lettres.

— Vas-y dit Picou. Recommence.

Et Floch recommença

« Chère Marie-Françoise... »

Mais décidément, l'inspiration est une déesse bien capricieuse. Elle vient, le soir, quand, dans la lumière bleutée de la veilleuse, on somnole sur l'oreiller. Elle peuple la nuit de songes charmants. Elle rôde même durant les offices, dans le silence feutré de la chapelle. Arrive l'étude. On se frotte les mains ? On s'empare fébrilement du stylo... et on se retrouve devant la feuille de papier, le cerveau aussi vide qu'une bulle de savon.

— Insiste, dit Picou.

— J'ai trop de choses à lui dire. Je ne sais par où commencer.

Prudemment, Floch retira de son portefeuille une photo d'identité. Jamais, il n'avait vu pareille cascade de cheveux dorés, jamais il n'avait vu regard aussi clair, coulant vers les tempes avec un air aussi oriental. Et jamais, non, jamais bouche pareillement fraîche, avec des lèvres si bien dessinées.

— On a beau dire ! murmura Picou éloquent.

— Oui, dit Floch avec nostalgie. On a beau dire !

C'était la première fois que Floch était amoureux. Aux vacances de Pâques, à l'occasion d'une fête champêtre, il avait rencontré Marie-Françoise dans les allées tranquilles d'un parc ombragé... Va donc voir, au fond, comment naissent ces choses ! Un battement de paupières, deux battements de paupières. Un sourire ; deux sourires.

— Il fait chaud, avait dit Floch qui cherchait désespérément une entrée en matière.

— Oui, il fait chaud.

— Il y a des sandwiches à la buvette. Et des jus de fruits.

— C'est une idée.

Ils s'étaient donné rendez-vous, le dimanche suivant, au cinéma. Dans l'obscurité de la salle, tremblant d'émotion et conscient de rompre avec tout un passé d'innocence et de candeur, Floch avait pris les doigts de Marie-Françoise, laquelle, tendrement, avait posé la tête sur l'épaule de Floch. Un véritable roman d'amour qui, dès la rentrée avait été conté dans le détail à Picou d'abord, ensuite à toute la classe réunie.

— Je fréquente !

L'événement, comme bien l'on pense, avait suscité l'intérêt le plus vif. Floch fréquentait. Voilà qui changeait un peu de Cicéron ou d'Horace !

— C'est la fille du Docteur Bourhis. Elle s'appelle Marie-Françoise.

Et son père a une Mercedes.

⁂

Il est évident qu'un père qui possède une Mercedes se doit de nourrir pour sa fille unique les plus hautes ambitions. En conséquence, après mûre réflexion, Floch avait décidé : tout d'abord, d'abandonner immédiatement le dernier peloton de la classe ; d'apprendre à conduire au plus vite ; malgré sa répugnance native pour les sciences, d'obtenir, en temps voulu, le baccalauréat de mathématiques avec mention très bien ; d'être reçu à l'Ecole Navale en des délais record et de revenir, enfin, dans un uniforme scintillant, demander la main de Marie-Françoise. Métamorphosé par d'aussi définitives résolutions, il s'était précipité sur ses manuels avec frénésie ; avec une telle frénésie qu'au bout de huit jours, il n'en pouvait plus et laissa les langueurs du rêve remplacer l'ardeur au travail. Avec la pointe de son couteau, dans le bois noir du pupitre, il grava, en lettres majuscules, les initiales de sa bien-aimée, léguant ainsi aux générations futures, le souvenir impérissable de sa tendresse. Il récolta un trois en anglais, un deux en histoire ; puis incapable de tenir plus longtemps, il annonça à Picou :

— Je vais lui écrire.

— C'est dangereux.

— L'amour ne craint pas les dangers.

Picou avait ouvert des yeux ronds. Décidément, on lui avait changé son ami.

— Et si son père trouve la lettre ?

— Aucune importance. Comme nous devons nous marier, autant qu'il soit tout de suite au courant.

Et Floch avait sucé son stylo.

⁂

« Chère Marie-Françoise... »

Encore une fois le regard de Floch erra sur l'étude. Rien de plus triste qu'une salle d'étude, au printemps, lorsque des nuées d'oiseaux transforment les jardins en volière... Oh, oui, elle était sinistre l'étude, sinistre à en pleurer, avec son odeur de poussière, le dos des élèves courbé sur l'ennui du travail, ses murs crépis de chaux livide et son horloge qui retardait de trois mois sur les grandes vacances.

« Chère Marie-Françoise... Chère Marie-Françoise... »

Il fallait en finir. Floch fronça les sourcils, serra les dents. Et le stylo trottina :

« Chère Marie-Françoise. C'est triste l'étude. Je
« pense à vous. Je regarde votre photo. Mettez-vous
« au balcon du premier étage, jeudi, quand passera
« la promenade. Je vais avertir toute la classe. Je
« m'arrête car j'ai beaucoup de travail. A jeudi.
« Floch. »

La lettre passa dans les mains de Picou.

— Bien senti, déclara ce dernier.

Ce fut aussi l'avis général quand, à la récréation du soir, Floch, torse bombé, menton conquérant et plus entouré que jamais, lut son papier à toute la classe. L'idée de faire paraître Marie-Françoise au balcon du premier étage fut considérée par tous comme piquante et originale. Chacun se promit de ne rien perdre du spectacle.

⁂

La lettre écrite, il fallait trouver un facteur. Le lendemain matin, Floch s'arrangea pour rencontrer Emile, aide-cuisinier au collège, qui eut allègrement vendu son âme au diable pour quelques grammes de tabac.

— Tu veux fumer ?

— Oui.

— Voici dix cigarettes. A une condition : tu porteras cette lettre chez le Docteur Bourhis ? Tu la mettras dans la boîte.

— Entendu.

— N'en parle à personne.

— Promis.

— Fais vite.

— Je file...

Or, ce jour-même, le docteur Bourhis rentrant de ses consultations matinales eut la malencontreuse idée de relever lui-même son courrier. Bien entendu, il découvrit la lettre. Bien entendu, l'idée de faire paraître Marie-Françoise au balcon pour le plaisir d'un dénommé Floch et de ses camarades, lui sembla dénuée de toute originalité et de tout piquant. Il embraya vers le collège. Le drame se nouait.

— Bonjour, Monsieur le préfet.

— Bonjour, Docteur.

Le préfet conserva la lettre, promit qu'un châtiment exemplaire serait réservé au coupable et se perdit, pour réfléchir, dans les allées du jardin. Curieux personnage que ce préfet de discipline. D'un naturel débonnaire, il répugnait à l'usage de la force et, rompant avec la tradition dictatoriale de ses prédécesseurs, avait mis au point une tactique indulgente fondée sur l'humour. Philippe Stephan, élève de philosophie, ayant été surpris volant du vin dans la cave, le préfet l'avait contraint, pendant un mois entier, à ne boire que du lait à table, sous les yeux gouailleurs de tout le réfectoire. Picou, ayant prétexté une grippe pour échappper à la ronde monotone et monotone des jours, le préfet, nullement dupe, l'avait dirigé vers la chambre des grands fiévreux, et le soir même, Picou était revenu au grand galop aussi subitement guéri qu'il avait été subitement malade... Cette tactique était d'une incontestable efficacité.

Donc, le préfet se perdit dans les allées du jardin où le chant des oiseaux portait encore davantage aux douceurs de l'indulgence. Après tout cette histoire ne méritait pas que l'on pendît le coupable. Jadis, avant d'entrer au Séminaire et ayant comme meilleur ami le père de Picou, le Préfet lui-même avait senti battre son cœur pour une douce jeune fille répondant au prénom de Caroline... Non, il n'y aurait pas pendaison... Le Préfet hocha la tête, sourit... Dans le feuillage, les oiseaux s'appelaient à coups de sifflets railleurs...

⁂

Cinq heures et demie. Etude. Toujours la lumière grise, l'odeur de poussière et la sarabande des mouches. Au-dehors, toujours le soleil et toujours le chant dans les arbres. Floch était très occupé. Minutieusement, il examinait les portraits de femmes qui jalonnaient son livre de littérature et les comparaît à la photo de Marie-Françoise pour le grand avantage, il va sans dire, de cette dernière : Madame de Sévigné : molle, avec envahissement prochain de triple menton et menace certaine de cellulite ; Madame de la Fayette : aussi sèche qu'un problème de mathématiques; George Sand : vamp à cigare, dénuée de tout charme et de toute fraîcheur. Ce patient parallèle exigea une heure d'attention soutenue. Après quoi Floch lut, relut et relut encore « Le Lac » de Lamartine; après quoi, il fit le compte des heures qui le séparaient de l'instant où Marie-Françoise apparaîtrait au balcon, aux yeux de ses camarades éblouis. Puis, il rêva. Et les mouches s'évanouirent, et le bec électrique s'évanouit. Et une frêle silhouette apparaissait au plafond quand, brusquement, la porte de l'étude s'ouvrit. Les élèves se dressèrent en un impeccable garde-à-vous, tandis que le surveillant quittait son estrade.

— Asseyez-vous, dit le Préfet.

Les élèves obéirent. Le Préfet promena sur la salle un regard souriant ajusta son faux-col et posa devant lui un petit papier plié en quatre. Et il dit :

— Mes chers amis, ma tâche, en cet établissement est complexe. Fort complexe en vérité. Je dois vous apprendre à devenir des hommes et j'ai déjà eu, avec vous, bien des entretiens pour vous préparer à la vie... Aujourd'hui, je vais ouvrir un nouveau chapitre.

Il marqua un temps d'arrêt :

— Aujourd'hui, je vais vous apprendre à écrire une lettre d'amour.

Une grosse hilarité secoua tous les bancs, dominé par le rire énorme de Floch. Lui apprendre à écrire des lettres d'amour, à lui, Floch ! Aux clins d'œil entendus de quelques amis, il répondit par un sourire supérieur. Seul Picou n'avait pas ri. Familier des ruses, il sentait le piège.

Mais déjà le Préfet enchaînait.

— C'est très important une lettre d'amour. Votre bonheur peut en dépendre. Les femmes sont si sensibles aux charmes de la prose.

— Caroline, grogna Picou, les dents serrées, en se penchant vers Floch.

— Hein ?

— Il fréquentait une fille qui s'appelait Caroline. Méfie-toi.

— Me méfier ?...

Le préfet regarda Picou qui se tut. Et, il poursuivit la mine innocente :

— J'ai ici un petit papier qui me servira de point de départ.

Les élèves tendirent le cou, vivement intéressés. Le Préfet lança :

— Chère Marie-Françoise.

Ce fut dans l'étude un instant de formidable stupeur. Comme si l'Himalaya entrait soudain par la fenêtre, les têtes s'écrasèrent sur les pupitres. Prudemment, quelques regards s'aventurèrent vers Floch, lequel Floch se camoufla derrière Cornec, qui se trouvait au banc précédent.

— Pincé ! dit Picou.

— Picou, silence, commanda le Préfet... Chère Marie-Françoise...

Le Préfet leva les bras au ciel.

— Non, non et non ! C'est un départ détestable ! « Chère tante ! Chère cousine ! Chère marraine. » D'accord. Mais « Chère Marie-Françoise ! » C'est plat, terne, fade. « Ma douce Marie-Françoise ! Ma petite Marie-Françoise adorée ! » ou encore « Tendre objet de mes pensées ! »

Un sourire amusé flotta sur les visages :

— Voyons la suite, poursuivit le Préfet imperturbable.

« C'est triste l'étude. Je pense à vous. Je regarde votre photo. » Non. Mille fois non ! « Une tristesse infinie pèse sur l'étude. L'horloge cogne les secondes avec une désespérante lenteur. Je compte les heures. De temps en temps, je prends votre photo, je la contemple avec extase et un peu de joie alors, descend dans mon âme. » Quelle est donc, je me le demande, la jeune fille qui resterait insensible à de pareils accents ?

Les élèves se regardèrent, amusés. Pas d'erreur, il s'y connaissait le Préfet, pour faire rêver les

Marie-Françoise. Et il continua, le Préfet, innocent et implacable, élaguant par-ci, ajoutant par-là. Des rires scandaient ses propos. Des rires qui s'abattaient sur Floch, comme des verges sur le dos d'un héros écrasé.

— J'espère, conclut le Préfet, que vous avez compris.

— Oui.

— Et qu'à l'occasion vous saurez écrire une lettre d'amour. C'est important.

— Oui, oui...

Il s'en alla souriant, paisible, laissant les élèves goguenards et Floch au comble de l'humiliation. Mais Picou le ranima :

— Ne t'en fais pas, dit-il. Je te vengerai...

⁂

La vengeance vint trois mois plus tard. Un matin de grandes vacances. La météorologie avait annoncé comme d'habitude « Temps pluvieux sur la Bretagne ». En réalité, le soleil riait dans un ciel sans nuages et le Préfet se sentait d'une humeur encore plus allègre que de coutume. Dans son courrier, il trouva une lettre dont l'écriture bizarre et manifestement contrefaite mit tout de suite son flair en éveil. Il lut. Et dès la première ligne faillit s'évanouir de stupéfaction.

« Mon amour !

« Une tristesse infinie pèse sur la campagne. Len-
« tement, l'horloge du village cogne les heures avec
« une lenteur désespérante. Je n'arrête pas de penser
« à vous et, lorsque descend le crépuscule, je songe
« avec nostalgie à nos émois de jadis. Tendre objet
« de mes pensées, je vous aime et je vous aimerai

« toujours. Quel est donc le cœur qui resterait insen-
« sible à de pareils accents.

Caroline ? »

Le Préfet se gratta la nuque, relut la lettre, essayant de percer le mystère de cette écriture étrange. Soudain, il s'esclaffa. Il venait de comprendre. C'était évidemment Picou qui vengeait à sa manière l'humiliation publique de son meilleur ami.

CONTE DE NOEL

— Dans cinq jours, c'est Noël. Suivez-moi !

Bien sûr l'événement était connu. Mais annoncé par Picou, il s'entoura d'un prestigieux halo. Et quand le dénommé Picou — jarret nerveux, taille cambrée, menton énergique, mit le cap sur le préau, tous ses camarades, Floch en tête, lui emboîtèrent le pas.

— Donc, dans cinq jours, c'est Noël. Et qu'est-ce que Noël ? C'est simple. Difficile à dire, mais simple. Noël, c'est la paix, la douceur, la joie dans les familles.

— Chez moi, on mange de la dinde au réveillon, dit Floch en tapotant sa bedaine.

— Si on ne me laisse pas parler, ce n'est pas la peine que je continue, dit Picou.

Floch baissa la tête et ses joues dodues se colorèrent d'écarlate. Picou plongea l'index dans sa narine gauche, comme pour en extraire l'inspiration, puis contempla son doigt d'un œil rêveur. A quinze ans, même lorsqu'on est un chef, il est difficile de livrer son âme.

— Noël, c'est donc la joie dans les familles. Alors écoutez-moi bien. L'an passé, j'ai eu un stylo à plume or. Tenez, le voilà. L'année précédente, j'avais eu une tenue d'athlétisme... Il y a trois ans... Je ne me souviens plus de ce que j'avais eu il y a trois ans mais je sais que je n'avais pas été oublié...

Et ainsi depuis ma petite enfance... Je suppose qu'il en est de même pour vous tous.

Les élèves approuvèrent, mais sans commentaires. Le silence se fit plus épais.

— J'ai pensé à beaucoup de choses ces jours derniers, dit Picou. Je me suis dit : « voilà ! on ne peut pas continuer de recevoir sans donner. Il faut faire un geste, quoi ! On pourrait peut-être offrir quelque chose à nos parents.

Les approbations éclatèrent comme des bulles :

— Ça leur ferait plaisir, dit Picou. Ils seraient heureux... Tenez, mon père, vous le connaissez ; c'est la science, l'expérience, le prestige, l'autorité. Et tout. Mais, le plus souvent, un père, ça prend des fausses allures. Ça joue, ça triche ! Au fond, c'est sensible. En tout cas, le mien est tel.

— Le mien aussi.

— Le mien aussi.

— Le mien aussi.

— Quant à une mère, dit Picou...

Il s'arrêta, droit devant lui une pensée qui soudain fuyait.

— Quant à une mère, dit-il définitif, c'est une mère.

Les élèves opinèrent gravement. Picou toussota :

— Vous êtes tous d'accord ?

— D'accord.

— Que ceux qui sont contre lèvent la main.

Personne ne leva la main ; mais c'est alors que Jacques Kervenno s'avança. Il n'était au collège que depuis le début de l'année scolaire et avait déjà une réputation déplorable. Sournois, insolent, hargneux, il s'appropriait les meilleurs morceaux de viande, remplissait son assiette de frites sans souci du voisin et au foot-ball, cherchait plutôt les tibias que le ballon.

— Vous êtes des imbéciles. Tout ça, c'est du cinéma !

Et il s'éloigna dans un silence de mort. Quelques élèves se mordillaient les lèvres pour cacher leur gêne. Floch releva son caleçon. Sur le visage de Picou, une crispation légère passa comme une ombre.

— Kervenno peut penser ce qu'il veut, dit Picou. Mais ça ne change rien à nos projets, bien au contraire. Nous allons donc offrir quelque chose à nos parents ? Mais, pour mon compte, je dois vous faire un aveu.

Il sortit son portefeuille, le plia dans tous les sens, le tint suspendu dans les airs, le secoua :

— Pas un dollar, soupira-t-il. Les temps sont durs ! Alors, j'ai pensé que l'un d'entre vous pourrait me faire une petite avance que je rembourserai à mon retour.

Des murmures gênés se firent entendre :

— Moi, dit Floch, je dois cent francs à mon cousin qui est en première.

— Moi, dit un autre, il me reste vingt francs.

Un troisième précisa qu'il lui restait juste l'argent du retour en vacances.

— Bien, dit Picou. Parfait. Inutile d'insister avec le prix du paquet de cigarettes, il est facile de comprendre ce qui nous arrive. Mais c'est dommage ! C'est vraiment dommage.

Il ramassa son portefeuille, se dirigea vers la cour. Tout à coup, il porta la main à son front.

— J'ai trouvé, s'écria-t-il... Ça m'a traversé le cerveau d'un seul coup... C'est simple... Très simple.

Il développa la tactique à suivre. Ses propos soulevèrent des exclamations joyeuses et des applaudissements.

— Voilà, conclut Picou avec modestie. Il suffisait d'y penser.

⁂

Cinq jours plus tard, Picou, valise en main fit son entrée dans la ferme familiale, salua son père, embrassa sa mère et sa sœur. Tout de suite, Pa Penhoat entra dans le vif du sujet :

— Alors ? interrogea-t-il, le sourcil froncé.

— Dans l'ensemble, ça va bien, dit Picou. La nourriture est bonne. Cette année, on a même du poulet une fois par semaine. Et à la maison, rien de neuf ?

— Ton bulletin ?

— Moyen, dit Picou, qui ne savait pas mentir.

— Quelle place ?

— Vingt-troisième ?

— Sur ?

— Sur trente-deux. Il faut dire que l'on est véritablement écrasé par les programmes. Il faut voir pour croire. Devinez combien de pages a le livre d'histoire ? 426. Et le livre de physique.

Les hommes aux muscles secs et à l'œil fouineur sont rarement patients. Or, Pa Penhoat avait l'œil fouineur et le muscle sec.

— Les programmes sont les mêmes pour tous, fulmina-t-il. De mon temps aussi. De mon temps aussi, il y avait des programmes. Et des livres de physique de 500 pages. Et des livres d'histoire de 1 000 pages. Ça ne m'empêchait pas d'avoir le deuxième prix d'excellence. Et pourtant, je ne mangeais pas de poulet une fois par semaine...

Durant dix minutes, Picou plia les épaules. Après quoi, l'algarade terminée, il partit dans les champs, comme il en avait l'habitude à chaque retour du collège. C'était le soir. Il n'y avait pas de neige, car elles sont rares en Bretagne les neiges de Noël. L'air était léger, presque chaud. En un large et pâle éventail, les rayons du soleil déclinant caressaient avec douceur la campagne fanée par l'automne. Les arbres dressaient vers le ciel leurs branches sans feuille, et, sur les talus, entre les champs rêveurs, les fougères se répandaient en cascades immobiles et rouillées. Vers le couchant, des nuages ronds et dorés bougeaient à peine. D'un champ lointain parvenait le halètement d'un tracteur... C'était la veille de Noël et il régnait partout comme un recueillement, une attente. Picou, s'assit au pied d'un buisson, mâcha un brin de ronce, puis estimant que la colère paternelle avait eu le temps de s'évanouir, revint lentement vers la ferme paternelle.

Or, la colère paternelle ne s'était pas évanouie. Pa Penhoat cassait du bois sous la grange. Il vit apparaître son fils, feignit de ne pas le voir, posa sur le billot une bûche énorme, gonfla sa poitrine, souleva sa hache, en fit un moulinet terrible, et, d'un seul coup, fendit la bûche. Et ce coup de hache était lourd de signification. Il signifiait tout simplement la longueur, la largeur, la profondeur, l'immensité, l'infini en somme qui sépare un vingt-troisième de classe d'un père qui a eu le deuxième prix d'excellence.

Picou avança :

— Je voudrais te parler.

— J'écoute !

— C'est sérieux, dit Picou. Demain, c'est Noël. On en a parlé entre camarades de classe. On se fatigue, à la fin, de recevoir, de toujours recevoir. Je voudrais offrir un cadeau à maman.

Le visage de Pa Penhoat s'illumina instantanément. Il reconnaissait bien son fils : dilettante parfois, mais plein d'un sang généreux qui était le sang de Pa Penhoat lui-même. Il prit ce ton officiel qu'il affectionnait dans les circonstances de marque :

— Je te félicite, dit-il avec noblesse et j'approuve chaudement ton intention. Si tu continues, tu seras pour nous une source constante de joie et d'orgueil. Ta mère sera très heureuse. Et que comptes-tu lui offrir ?

— Ça dépend, dit Picou, en reculant de deux mètres. Combien peux-tu me prêter ?

La sagesse commande de s'attendre à tout quand on a un fils de quinze ans. Et qui s'appelle Picou par-dessus le marché.

— De quoi ? fit Pa ahuri.

— J'ai pensé que tu pourrais me faire une petite avance, suggéra Picou en reculant d'un mètre supplémentaire.

Lentement, Pa Penhoat reprenait ses esprits. Il entrouvrit les lèvres, absorba un long jet d'oxygène et explosa :

— Hors d'ici !

— Mille francs par exemple dit Picou. Je te rembourserai sans faute.

— Au collège et tout de suite ! Je sors ma voiture et je te ramène au triple galop. Je redoutais le pire, mais mes espérances sont dépassées. Au collège ! Je vais t'apprendre, moi, à manger du poulet.

— Ça alors ! dit Picou. Et moi qui croyais honorer la famille.

Pa Penhoat recommença à fendre du bois avec rage. Ses veines se gonflaient. Son crâne dégarni luisait. Les morceaux de bûche roulaient à dix mètres et les coups de hache résonnaient comme des coups de canon. Picou attendait.

Il attendit trois minutes.

— Approche, ordonna Pa en plissant un œil meurtrier.

Picou approcha.

— Sois sûr en tout cas que ce n'est pas pour toi, mais pour ta mère. Est-ce que mille francs suffiront ?

— C'est peut-être un peu juste.

— Mille francs ! Pas un sou de plus. Et je te le répète, c'est pour ta mère ! Tu n'y es pour rien ! Car une postérité de ton envergure, ça vous déconsidère une dynastie jusqu'à la trente-sixième génération !

Il marcha vers sa veste.

— Voilà quinze cents francs. Mais qu'est ce qu'on va lui offrir ? Il faut trouver quelque chose d'original.

Les hommes ne sont jamais si perplexes que lorsqu'il leur faut offrir un cadeau. Picou et son père réfléchirent, peinèrent, méditèrent, et, enfin, d'un commun accord se décidèrent pour... une boite de chocolats.

— Cette nuit,, tu descendras sans bruit la déposer dans la cuisine. Demain matin, je dirige la manœuvre.

Il sourit :

— Oui, ta mère va être heureuse. Un homme n'a pas besoin de cadeau. Mais une femme, c'est tellement sensible...

Victorieux, Picou quitta la grange et s'en fut trouver sa mère. C'était une femme de grand air, aux traits fins, une vraie patricienne de la terre. Picou se considérait parfois comme l'aîné de son père. A côté de sa mère, il redevenait un petit garçon, plein d'une respectueuse tendresse :

— J'ai pensé offrir un cadeau à papa, dit-il.

La mère posa sur son fils des yeux limpides et paisibles. Picou admira ce regard pareil à une eau profonde qui, si souvent, avait pénétré son âme la plus secrète. La mère sourit. Une fois de plus, Picou sut qu'il était deviné :

— Combien veux-tu que je te donne ?

⁂

Le matin de Noël, c'est bien connu, les Anges de la Nativité, retour de Bethléem, se promènent, invisibles, de maison en maison, pour se réjouir de la joie des hommes. Sur le chemin de l'aller, ils descendent en procession précédés de l'archange Gabriel. Pour le retour, ils ont quartier libre, à condition de regagner le Paradis pour dix heures, afin de reprendre les obligations de leur service. Quelques anges passaient au-dessus de la Bretagne, dont ils voulaient admirer de près les merveilleux paysages. Au premier chant du coq, ils entraient juste dans la ferme de Pa Penhoat. Et voici le spectacle dont ils furent témoins.

Six heures et demie. Picou se glissa à pas feutrés hors de sa chambre et se dissimula derrière le buffet de la cuisine. De sa cachette il pouvait, sinon tout voir, du moins, tout entendre.

A sept heures moins un quart, Pa Penhoat dégringola l'escalier suivi de sa femme et se précipita comme un météore vers le coin du fourneau.

— Oh, oh ! fit-il, l'air innocent. On dirait un paquet ! Mais oui, c'est un paquet. Qui donc a pu déposer un paquet à cet endroit?

Il prononça en vérité ces paroles avec un air si innocent que les Anges de Bethléem se bouchèrent les oreilles. La mère de Picou, elle, joua l'étonnement. Les femmes pratiquent à merveille cette complicité savante et nuancée qui sauve, en tant d'occasions, le prestige du mari.

— C'est vraiment un paquet, fit-elle.

— Je coupe la ficelle... Tiens, il y a un mot pour toi.

Il épela comme avec difficulté : « A maman. De la part de son garçon ! »

— Mais, c'est lui ! s'écria-t-il... Pour une surprise,

c'est une surprise!... Mais je m'en doutais! J'en étais sûr! C'est lui! C'est mon fils.! Des chocolats! De délicieux chocolats qui ont coûté au moins cinq mille francs! Quel cœur! Quelle générosité! Comment donc a-t-il pu faire assez d'économies durant le trimestre ?

Les Anges rougirent jusqu'au bout de leurs ailes immaculées. Picou se pinça. Mais déjà sa mère parlait.

***

— Il y a un autre paquet!

— Où ça ?

— Dans le recoin de la fenêtre.

Pa Penhoat s'immobilisa, bondit, déchira la ficelle et brandit triomphalement une cravate.

— C'est pour moi, bredouilla-t-il. Il a aussi pensé à son père! « Pour Papa! De la part de Picou! » Touche! C'est de la soie! Et cette épingle! Jamais je n'ai vu une si belle épingle!

Il marcha vers l'escalier :

— Je veux voir sa tête quand il va trouver la pipe sur sa table de nuit. Je vais le réveiller.

— Chut!

— Si. Je le réveille!

— Laisse-le se reposer.

— Tu as raison, dit Pa. Il a bien besoin de repos. Ils finiront par l'assassiner avec tous leurs programmes.

Il vint vers sa femme. Sa voix trembla :

— Je suis fier de mon fils, murmura-t-il. Il est sur le bon chemin. A condition que je continue à faire preuve d'énergie et d'autorité.

Il plia sa cravate avec soin :

— C'est mon plus beau Noël, dit-il.

— C'est mon plus beau Noël dit sa femme.

Ils s'en allèrent vers les étables, car c'était l'heure de la traite. Picou monta dans sa chambre, bourra sa pipe, l'alluma. Les anges de Bethléem s'attardèrent un instant pour respirer l'odeur de la fumée, puis volèrent vers les plages de Tregastel, qui sont, comme chacun sait, les plus belles plages du monde...

Il était midi le six janvier quand le facteur apporta une lettre. Pa Penhoat et sa femme lurent, côte-à-côte, en silence :

« Chers Papa et Maman »

« Noël, c'est la joie au ciel, mais aussi dans les
« maisons. Beaucoup d'élèves ont eu une pipe. Mais
« la mienne est la plus grosse. J'ai l'impression
« que tous nous avons gâté nos parents. Floch a
« eu une boite de fraises fourrées. Il les a partagées.

« Depuis ce matin, il neige. Plus de ciel, plus
« d'arbre, plus de jardin. On dirait la paix et la dou-
« ceur d'une lointaine patrie. Je pense à vous, sur-
« tout le soir, avant de m'endormir. Je cache ma pipe
« sous l'oreiller. Je tire sur le tuyau.

« Bons baisers de votre fils qui vous aime de tout
« son cœur.

Picou. »

« *P.S.* Il y a dans la classe un grand maigre
« qui s'appelle Kervenno. Il n'a plus ses parents
« et il essayait tous les jours de me shooter dans
« les jambes : c'était la bagarre ! Quelqu'un a eu
« l'idée de faire la masse. Il a eu sa pipe aussi
« et maintenant on est amis ! Je vais m'arrêter
« Car on est vraiment débordé par les programmes. »

Epaule contre épaule, Pa Penhoat et sa femme lurent en silence. Puis ils relurent :

— Quelqu'un a eu l'idée de faire la masse. Ce

quelqu'un, je crois bien le connaître, dit le père.

— Moi aussi, dit la mère !

Et il s'embrassèrent si tendrement que les Anges au Paradis firent une minute de pause pour les regarder.

PICOU ET LA POLITIQUE

La fièvre électorale démangeait le pays. Les villages, naguère si calmes, si pacifiques, s'étaient transformés en champ de bataille. Dans l'âme de chaque citoyen, un volcan grondait. On ne comptait plus les injures, les insultes, les provocations aux duels, et, comme un tir ininterrompu de mitrailleuse, les discours crépitaient du matin au soir... Reconnues majeures et aptes à la direction du char de l'Etat, les femmes s'en mêlaient, ce qui, bien entendu, ne faisait qu'aggraver les discordes... Bref, tout un chacun s'apprêtait à voter, dans un climat de guerre civile et de carnage...

Pa Penhoat était blanc. Blanc comme le linge, blanc comme l'âme d'un nouveau-né, blanc comme la blanche farine. S'il était si blanc, du reste, c'est que les rouges infestaient la commune. De vrais rouges. Des solides. Des purs. Rouges comme le sang de bœuf, rouges comme le rouge baiser, plus rouges que le douze degrés d'Algérie. Comme l'hiver traîne à sa suite le printemps, comme la nuit fait signe à l'aurore, comme le crime appelle la vengeance, ainsi le blanc politique appelle le rouge de même nature et vice-versa... Blancs contre rouges ! Rouges contre blancs ! C'était l'appel aux armes, selon la saine tradition des antiques bagarres, hostiles aux étiquettes compliquées et aux initiales fumeuses. On partait pour la croisade avec la bénédiction solennelle des chefs de partis et l'assurance combien admirable de travailler pour la liberté, l'égalité, la fraternité, la justice, la compréhension entre les peuples, la paix, les hauts salaires, la vie à bon marché, les loisirs prolongés, la retraite précoce, et contre les percepteurs... Unité profonde sous les apparences fallacieuses de la division !

A quinze ans, Picou, en dépit de ses culottes courtes, possédait déjà une mentalité d'électeur et une conscience précise de ses obligations politiques. Ce n'est pas impunément qu'il était le fils de son père, en ce domaine comme en tous les autres. Donc, à quinze ans, Picou était blanc ; aussi blanc que son père, aussi blanc que la blanche hermine. Et il étayait ses blanches convictions sur un savoir peu commun. Il savait que d'innombrables dangers menaçaient la démocratie, qui se nommaient l'inflation, la banqueroute, les francs-maçons, les fonctionnaires, les importations de pommes de terre algériennes, les anarchistes, le péril rouge et le péril jaune. Il savait que, seuls, les amis politiques de son père, pouvaient réaliser le miracle d'accroître le prix des primeurs tout en diminuant le prix des engrais, et de diminuer le prix du tabac tout en augmentant le prix du beurre... Un fameux cerveau en vérité, que le cerveau de Picou... Il savait toutes ces choses, à quinze ans et en parlait avec une admirable assurance. Il connaissait *la Marseillaise* par cœur et la jouait sans défaillance à l'harmonica, ce qui remplissait son père d'une jubilation frénétique. Il haïssait le père Combes, et, au nom de Renan, ricanait du petit air supérieur de l'homme instruit, auquel on ne la fait pas. Il savait enfin crier : « Vive la calotte », d'une voix enflammée et belliqueuse, d'une voix claironnante, qui claquait comme un drapeau... Oui, Picou était un pilier, un inébranlable pilier de la République.

Le parti de la liberté et de la justice tenait en lui un défenseur de choc, un soldat de première ligne, un Bara sans tambour, mais avec harmonica, prêt à l'héroïsme des charges audacieuses et sanglantes... A quinze ans, pour la paix et l'unité du pays, Picou ne rêvait que poudre et bagarres...

Et c'est ainsi qu'une aversion particulièrement farouche l'opposait au clerc de notaire de la commune qui répondait au prénom d'Octave. Il faut dire sans plus attendre que le dénommé Octave était rouge, qu'on le disait même chef secret des rouges et que, depuis l'ouverture de la campagne électorale, Pa Penhoat, pourtant son ami, ne lui adressait plus la parole. En conséquence, Picou, qui, en son fors le plus intime, n'était pas loin de se considérer comme le chef secret des blancs dans la commune, considérait Octave comme son ennemi personnel. Sur son passage, il détournait la tête, enfonçait profondément les mains dans les poches de sa culotte courte, et sifflotait d'une manière blessante ; ou encore, dédaigneusement, crachait de côté ; ou encore lançait vers le ciel le filet narquois de sa fumée de cigarette. Quatre fois par jour, Octave, pour se rendre à son travail, passait devant la ferme paternelle. Quatre fois Picou, sur le bord de la route, sifflotait, crachait ou fumait, en gardant toutefois les distances nécessaires pour un repli stratégique précipité en cas de riposte soudaine de l'ennemi. Car Picou était lucide, et se rendait compte de sa folle témérité... Une nuit, suprême audace, il s'était levé, le cœur battant, et, dans les ténèbres, éternelles complices des conspirateurs, avait rampé vers la maison d'Octave. Il tenait à la main un bâton... de craie. Et, en lettres énormes, à cinq mètres de la porte de son ennemi, il avait tracé froidement, sur la route, ces mots vengeurs : « Octave au poteau !... » Oui, décidément, Octave n'avait qu'à bien se tenir...

Les passions atteignaient leur paroxysme. Il restait seulement huit jours avant le scrutin. Picou avait accroché un drapeau bleu, blanc, rouge, au guidon de son vélo, et son visage anxieux prouvait que de graves problèmes le préoccupaient. Soudain, il se passa dans la commune, un événement du plus vif intérêt. Octave, Octave le rouge acheta une motocyclette. Une superbe motocyclette, dont Picou, instantanément tomba amoureux. Bloc moteur ! Sélecteur au pied ! Fourche télescopique ! Vacarme de locomotive ! Vitesse d'avion à réaction ! Et quel scintillement ! Quel éclat dans la lumière ruisselante du printemps. Pour un garçon de quinze ans, fût-il lourdement angoissé par le destin des nations, il n'est pas de plus beau spectacle au monde qu'une motocyclette neuve filant dans un nuage de poussière, en crachant de la fumée, et en assourdissant le voisinage de son infernal tintamarre. Picou tomba amoureux de la motocyclette d'Octave. Et il se jura d'en essayer bientôt le siège arrière, en termes techniques, le tan-sad. Mais comment s'y prendre ? Comment manœuvrer pour être pris en croupe par Octave sur le siège arrière de sa moto, sans se rendre coupable de trahison, sans reniement, sans basse flatterie ou vile lâcheté ? Ah ! la vie pose parfois à l'adolescence de redoutables problèmes ! Picou réfléchit profondément. Il réfléchit toute une nuit, puis une journée tout entière :

« Soit un engin dénommé motocyclette, propriété d'un rouge, dénommé Octave. Soit, d'autre part, un blanc, fils de blanc, dénommé Picou. Picou le blanc veut faire une petite promenade sur la moto d'Octave le rouge... »

Jamais encore Picou n'avait soumis sa matière grise à un tel travail...

Cinq jours avant le vote, Picou, sur le coup d'une heure et demie se posta sur le bord de la route.

Ses traits étaient empreints de la résolution la plus ferme ; son œil brillait farouchement ; mais son cœur battait à toutes pédales. Brusquement, comme une fanfare, la pétarade de la moto éclata et, tel le dieu de la vitesse, Octave apparut, enveloppé d'un nuage de poussière. Le cœur de Picou accéléra et battit au rythme d'un piston de moto. Dévorant la route, Octave approchait, approchait. Quand il fut à dix mètres Picou se décida, gonfla la poitrine, et, d'une voix tonitruante, lança de toutes ses forces :

— A bas la calotte !

L'effet fut tout simplement foudroyant. La moto, après un coup de frein terrible, s'arrêta net. Et Octave, la bouche ouverte, le sourcil ahuri, se retourna vers Picou.

— A bas la calotte ! reprit celui-ci d'une voix de sacristain.

Octave, visiblement en retard sur les événements, fit reculer sa moto de quelques mètres, ferma un œil, puis l'autre, rouvrit les deux yeux, contempla Picou comme si ce dernier dégringolait droit de la lune, reprit son souffle et finit par demander :

— Tu es pourtant bien le fils de...

— Oui, fit Picou sans lui laisser le temps d'achever.

— Le brave enfant ! Le bon petit garçon ! Et qu'est-ce que tu racontes ?

— A bas la calotte ! répéta Picou avec conviction. Puis, sans transition, il ajouta :

— Je voudrais bien faire un tour sur votre moto.

La manœuvre péchait par excès de précipitation. Une bonne tactique eût exigé de savants travaux d'approche, des combinaisons tortueuses. Mais quand on a quinze ans et qu'on se nomme Picou, de surcroît, on ignore les feintes et les lenteurs hypocrites. D'ailleurs, le but poursuivi était visiblement atteint. Flatté par une conversion aussi tapageuse, flatté encore par les regards luisants d'envie que Picou lançait à sa motocyclette, Octave acquiesça :

— Monte sur le tan-sad.

D'un coup de reins, Picou fut en selle.

— Où allons-nous ? interrogea Octave.

— Passons par le bourg, dit Picou, qui avait tout prévu.

Octave s'installa au guidon.

— Vous fumez ? s'enquit Picou en sortant un paquet de gauloises de sa poche.

— D'accord, fit Octave en prenant une cigarette.

— Prenez-en deux ! dit Picou généreux.

Et présentant son briquet :

— Du feu ?

— Merci ! fit Octave éberlué.

Ils allumèrent tous les deux leur cigarette ; puis la moto démarra à 60 à l'heure ! Une équipée sensationnelle ! Picou ressentait les plus fortes émotions de sa jeune carrière pourtant mouvementée. Il avait l'impression de voler. Le vent jouait à ses oreilles une musique endiablée ; en une bouchée il absorbait les virages.

— Ça va ? demanda Octave.

— Ça biche ! répondit Picou, que la vitesse rendait lyrique !

Le bourg fut traversé en trombe et c'est à peine si les galopins du village, qui jouaient au ballon près du cimetière, reconnurent leur camarade, lequel, du reste, ne daigna même pas leur accorder l'aumône d'un regard. Trois kilomètres plus loin, Picou hurla aux oreilles d'Octave :

— Demi-tour !

Octave fit volte-face et repartit dare-dare. Cette fois sur la place du bourg, une double haie de gamins, verts de jalousie attendaient la motocyclette. Pour Picou, l'instant était solennel. Enfonçant la tête dans les épaules, gonflant les joues, fronçant les sourcils, il pencha le corps en avant, exactement comme s'il allait franchir le mur du son. La moto passa comme un cyclone. Une minute comme il en est peu d'aussi grisantes dans la vie d'un homme...

— Une fameuse mécanique, dit Picou connaisseur, quand la moto l'eut ramené à son point de départ.

— Ça tourne, admit Octave.

— Moteur culbuté, je crois, fit Picou.

Octave ouvrit des yeux ronds.

— Quand j'en achèterai une, révéla Picou, je choisirai une 125 centimètres cubes !

— C'est pour bientôt ?

— Après mon service militaire ! Là-dessus, il tendit la main.

— Merci ! et à bientôt...

Puis il partit à toutes jambes. Il courait comme la foudre. Et Octave interdit, le regardait courir. Et, brusquement, quand il fut à vingt mètres de la moto, Picou se retourna d'un seul bloc, se planta au milieu de la route, et, de toutes ses forces, hurla :

— Vive la calotte !

Octave de saisissement, faillit tomber à la renverse.

— Eh ! eh ! vive la calotte ! répéta Picou du haut de son gosier, en lançant de magnifiques pieds de nez et en tirant la langue... Eh ! eh ! Vive la calotte !

Puis il bondit par-dessus un talus et disparut dans la nature. Il était heureux ; sa manœuvre avait réussi, sans trahison, Et, en outre, joie suprême, satisfaction divine, il avait berné l'ennemi irréductible de la famille.

⁂

Eh ! oui, la vie pose parfois d'étranges problèmes ! Le lendemain du scrutin, une immense surprise attendait Picou. Passant au bourg, il aperçut avec un ahurissement sans bornes son père qui prenait l'apéritif en compagnie... d'Octave. Et le dénommé Octave racontait à n'en pas douter une histoire bien hilarante, car Pa Penhoat se tenait les côtes et riait comme un bossu. Et on eût dit deux amis, deux vieux amis, deux vieux amis se rencontrant après une longue séparation...

Et ce spectacle plongea Picou dans un abîme de réflexions. Et il entrevit confusément que les discordes politiques sont des luttes vaines et gratuites, que les élections sont des jouets pour grands enfants, des jouets passionnants qui attirent quelques jours, mais dont on se lasse bien vite et qu'on se hâte de mettre au rebut. Il en fut déçu, car il avait l'âme guerrière. Déçu, et quelque peu découragé...

Le découragement fut complet lorsque à l'heure de midi, son père lui administra une magistrale paire de taloches « pour avoir crié vive la calotte sur le passage de gens pacifiques et inoffensifs »... C'est ainsi que pour toujours — autrement dit pour quatre années, jusqu'aux élections suivantes — la République perdit son champion le plus valeureux et le plus désintéressé.

DECADENCE

— On attaque!

— Qui ?

— Les automobilistes !

Sur Picou se braquèrent une quinzaine de regards intrigués.

— Parfaitement, dit Picou, j'attaque les automobilistes.

— Et ça va faire des bulles, dit Floch.

— Je vais vous expliquer, dit Picou.

— Nous allons donc vous expliquer, dit Floch.

C'était au mois de juin, le soir du Brevet. Enervement, fatigue, déceptions, espoirs... Les élèves étaient prêts pour la Révolution. A certaines heures, les hommes sentent ainsi le désir ardent de sortir du calme et de la dignité, de rejeter la défroque quotidienne, de se lancer à l'assaut...

— Ce qu'il nous faut aujourd'hui, dit Picou, c'est l'aventure et voici ce que je propose. Nous filons route de Guingamp, près du pont. Nous barrons la route aux automobilistes. On les arrête ; on les salue ; puis on les laisse repartir. C'est simple !

— Du tonnerre ! s'exclama Floch, enthousiaste.

— Ça peut être dangereux, opina Hélary.

— Dangereux ? s'étonna Picou.

— Les gendarmes ? fit Hélary.

— Il a encore peur des gendarmes, dit Floch railleur. A son âge ! On est le soir du Brevet, non ? On est en liberté, non ?

Les élèves se grattaient la tête, soupesant les risques de l'entreprise.

— Moi, je suis fatigué, dit Hélary. Je rentre.

— Moi, j'irais bien, dit Cornic. Mais je rendre aussi.

— Moi aussi, dit Nédelec, dont la tante habitait près du pont.

Il en resta douze qui, Picou en tête, occupant tout le trottoir, interpellant le bourgeois et sifflant les filles, mirent le cap sur la sortie de la ville. soudain Floch saisit Picou par le bras.

— J'ai des crampes d'estomac dit-il. Je me demande si, moi aussi, je ne devrais pas rentrer.

— En avant, ordonna Picou.

— En avant, soupira Floch.

Au coin de la rue Saint-Nicolas leur parvint un renfort de taille. Une dizaine de jeunes filles de l'institution voisine se promenaient dans les parages. Picou leur expliqua le but de l'expédition. Elles avaient passé le Brevet, elles aussi, et se précipitèrent dans le cortège. La troupe se mit à chanter ; la liberté, souvent, est sonore...

***

— Voilà une voiture ! clama Picou. On attaque !

Ils attaquèrent, criant, dansant, brandissant les bras et barrant le passage. La longue voiture noire s'immobilisa. Un chauffeur se tenait au volant et une tête intriguée émergea du fond du véhicule.

— Catastrophe ! lança une voix. Le Sous-Préfet !

C'était le Sous-Préfet en personne. Cris et gesticulations s'arrêtèrent.

— Que se passe-t-il ?

— Euh... Bonjour, Monsieur le Sous-Préfet, marmonna Picou. Oui, c'est tout à fait cela. On voulait vous dire bonjour.

Le Sous-Préfet écarquilla les yeux.

— Me dire bonjour ?

Et soudain :

— Ah, je comprends, c'est le Brevet !

— Oui, dit Picou. Ça a marché modérément. L'Anglais n'était pas facile. Alors, on a décidé de venir saluer les automobilistes.

Le Sous-Préfet sourit imperceptiblement, puis se fit sérieux :

— Un bonjour seulement, n'est-ce-pas ?

— Oui, dit Picou.

— Aucun désordre, compris ?

— Aucun...

La voiture s'éloigna, accompagnée de saluts déférents.

— Oh, la la ! Mes crampes, dit Floch.

— On ne va tout de même pas flancher à la première alerte, trancha Picou. Du reste, regardez ! Regardez ce qui nous arrive.

C'était Hélary qui, galopant et soufflant, rejoignait la troupe.

— Ce n'est pas l'heure de la trahison, déclara-t-il.

Il fut acclamé et une excitation nouvelle s'empara de la bande. Les fenêtres s'ouvraient ; les enfants du quartier, sur les bords de la route, suivaient les opérations ; des chiens aboyaient. Une douzaine de véhicules furent arrêtés. Certains conducteurs riaient, d'autres pestaient. L'un d'eux interrogea :

— Il y a des blessés ?

Et comme filles et garçons s'esclaffaient, il démarra en trombe avec un geste menaçant.

Vingt-deux... Vingt-sept... Vingt-neuf... C'est lentement que le trentième véhicule émergea du proche virage. Il émergea du proche virage lentement, scandant son allure débonnaire de toussotements pénibles.

— Vise le vieux ! hurla Picou.

— Et la vieille ! cria Hélary déchaîné.

Pris de panique le petit vieux cala son moteur. C'était un vieux très digne. Costume noir. Chemise blanche. Chapeau de feutre noir. Il avait environ soixante-dix ans et sa femme portait le même âge.

— Vos papiers, dit Picou péremptoire.

— Hein ?

— Vos papiers, dit Floch qui avait retrouvé son audace. Permis de conduire. Carte grise. Et tout. On cherche des espions.

Le vieux montra ses papiers. Floch les examina avec minutie.

— En règle, dit-il. Cependant, je prends le numéro de la voiture. On ne sait jamais.

La petite vieille interrogea son mari d'un regard angoissé. Ses doigts tremblaient. Son menton tressautait nerveusement.

— Et ainsi, on revient de la fête ? questionna Picou.

— De la noce, dit la femme.

— Vous avez bien mangé ? demanda Floch.

— Très bien, dit le vieux, épouvanté. Mais ne faites rien à ma femme.

— Corrects ! dit Hélary.

— Chanson ! cria soudain Denise Jouan.

— Chanson ! cria Picou.

— Chanson ! reprit l'équipe en chœur.

— C'est elle qui chante, dit le vieux.

Au-dessus de sa moustache blanche des gouttes de sueur perlaient. Il prit la main de sa femme.

— Laissez-nous partir, supplia-t-il.

— Chanson ! Chanson ! Chanson ! reprirent les élèves, impitoyables.

Au bord des larmes, la petite vieille finit par

s'exécuter. Sa voix tremblotante s'éleva, chargée d'un lointain passé.

« On s'est rencontré simplement

« Et tu n'as rien fait pour chercher à me plaire... »

Picou et ses amis s'étaient groupés autour de la voiture. Ils écoutaient avec étonnement. A un moment, Kerjean, qui était d'un naturel assez lourd, éclata de rire mais Picou lui envoya le coude dans les côtes. Le silence, doucement, se chargea d'émotion. La petite vieille serrait la main de son mari et continuait de chanter. Aux dernières paroles, ce fut un tonnerre d'acclamations :

— Embrassez-vous, cria Kerjean.

— Toi, dit Picou, ferme-la ! Compris.

Et se penchant :

— C'était une belle chanson, Madame... Et maintenant, vous pouvez partir. On a peut-être été un peu dur. Mais il faut comprendre : c'est le soir du Brevet. Kénavo.

La voiture s'éloigna tandis que jeunes gens et jeunes filles agitaient les mains en manière d'au revoir...

⁂

Trente-quatre... Trente-cinq... Trente-six... La trente-sixième voiture déboucha du virage à toute vitesse.

— Viens, suis-moi ! Par-dessus le talus !

— De quoi ?

— Viens, suis-moi ! Par-dessus le talus !

D'un bond formidable, Picou fut dans le champ voisin. Floch le rejoignit en rampant.

— Mais que se passe-t-il ?

— Mon père ! expliqua Picou.

La voiture s'était arrêtée dans un terrible crissement de freins. En un éclair, Pa Penhoat se propulsa hors du véhicule. Un second éclair et il enlevait sa veste :

— Ah, Ah ! tonna-t-il. Agression à main armée ! On en veut aux portefeuilles des automobilistes. Et bien, venez prendre le mien. Venez ! Qu'attendez-vous ? Approchez ! A qui le tour ?

Tous les élèves avaient reconnu le père de Picou qui avait retroussé les manches et s'était mis en position de boxeur. Brusquement, Hélary s'esclaffa. En regardant sur la droite, il venait de voir Picou et Floch qui écartaient les fougères pour assister au spectacle.

— Tu ricanes, toi, dit Pa Penhoat en tirant Hélary par la cravate... Il ricane... Vous ricanez tous !

— On va vous expliquer, dit une voix

— Pas d'explications.

— C'est le soir du Brevet !

— Ce n'est pas une raison. Moi aussi, je l'ai eu le Brevet. Et le bac ! Et tout ! Et avec mention par-dessus le marché. Et, pour autant, je ne dévalisais pas lès automobilistes.

— C'est pour rire ! dit Hélary.

— Pas de quoi rire, rugit Pa Penhoat.

Il souffla un instant. Puis, les poings sur les hanches, les reins cambrés, il contempla son auditoire. Pa Penhoat n'était jamais si heureux qu'en présence d'un auditoire. Vingt-cinq collégiens et collégiennes, une vingtaine de bambins, des hommes et des femmes aux fenêtres. L'occasion était unique :

— Parlons peu, mais parlons bien, énonça-t-il. Ah, elle est belle la jeunesse. Quelle tenue ! Quel dévergondage ! Et des filles par-dessus le marché ! Quel âge avez-vous, mesdemoiselles ?

— Seize ans, dit Denise Jouan ?

— Seize ans ! Et vous faites déjà pleurer vos mères. En vérité, c'est la fin d'une civilisation. Et il y a des coupables, qui sont les parents. Je répète : les parents. Dans les familles modernes, qui commande ? Oui, je vous le demande, qui commande dans les familles modernes ? Le père ? non ? La mère ? pas davantage. Qui alors ? Répondez ! qui commande ?

— Ta sœur, chuchota Gonidec, à l'arrière de la troupe.

Gonidec, à l'arrière de la troupe, avait à peine chuchoté. Mais Pa Penhoat avait l'ouïe fine. Il bondit comme un cyclone. Gonidec détala comme la foudre. Pa Penhoat le poursuivit pendant vingt mètres, puis, distancé, revint vers sa voiture.

— Mon estomac, murmura Floch.

— Chut ! dit Picou.

— Oui, qui commande ? interrogea de nouveau Pa Penhoat. Et bien, ce sont les enfants. Rendez-vous dans vingt ans. Elle sera belle la planète !

Il toisa son auditoire d'un air dédaigneux.

— Je vais vous faire une confidence !

Il sourit :

— Moi aussi, j'ai un fils, dit-il en distillant ses propos avec une évidente satisfaction. Oui, j'ai un fils. Et de votre âge. Mais celui-là, au moins, me donne des satisfactions. Poli, obéissant, travailleur. Ce n'est pas lui qu'on verrait sur les routes en train de dévaliser les paisibles voyageurs. Et il me respecte, cet enfant. Et pourquoi ? Parce que j'ai de l'autorité ! Tout est question d'autorité. J'aime autant vous dire qu'il file doux, celui-là, quand il me voit dans les parages.

Cette fois, le tonnerre de rires fut si bruyant que Pa en demeura tout décontenancé :

— Décadence ! murmura-t-il. Décadence !

Et grimpant dans son véhicule, il fonça à cent à l'heure vers la ville.

⁂

Pa Penhoat traversait la ville à toute vapeur quand, place du centre, il aperçut le Commissaire qui était de ses amis. Il démolit le frein et stoppa sur trois mètres :

— Près du pont. Une bande de chenapans...

— Je les ai vus, dit le commissaire, placide. C'était votre fils qui menait la compagnie.

— Mon fils !

— Lui-même.

— Mon fils Picou ?

— Lui-même.

— Mais je ne l'ai pas vu...

Pa Penhoat était devenu livide. Il comprenait soudain le sens des rires et des explosions de joie. Il avait été ridicule et il bouillonnait de rage. Il soupira :

— Et il menait la compagnie ?

— Oui, c'était le chef. Oh, il n'y a là rien de bien grave...

Pa Penhoat restait songeur.

— Le chef, dit-il. C'était lui le chef !

Et reprenant tout à coup ses couleurs et son air jovial :

— Ce garçon-là est fait pour conduire les hommes, déclara-t-il. Il a un tempérament de meneur. Il est plein d'autorité. Comme moi !

Et il entraîna le commissaire vers le pot de l'amitié.

PICOU ET TIGNASSE

Tout le monde dans le village, savait bien que Mona allait mourir.

Et tout le monde se demandait si son fils viendrait à l'enterrement.

Et Picou et Nat se demandaient avec angoisse si Tignasse le fils de Mona viendrait à l'enterrement de sa mère.

⁂

Mona s'appuya péniblement sur ses coudes maigres et pointus et regarda l'heure au réveil posé sur sa table de nuit. Il était à peine onze heures, il lui fallait attendre encore une demi-heure au moins avant que l'on vienne lui apporter son bol de bouillon.

Elle se laissa retomber sur son oreiller et, fermant les yeux chercha à s'assoupir. Elle n'avait pas dormi cette nuit-là, sauf une heure ou deux, peut-être, au lever du jour, lorsque les coqs, de leur voix rauque, s'appellent de ferme en ferme. Elle sentait son vieux corps engourdi, fatigué. Ses jambes enflées lui faisaient mal et ses bras étaient lourds et sans force. Si, d'aventure, elle remuait, comme à l'instant pour regarder le réveil, elle avait l'impression que son cœur allait défaillir. Le docteur était venu et disait que tout allait bien, mais elle savait à quoi s'en tenir. Elle avait soixante-dix ans et son vieux corps était usé jusqu'à l'âme. Elle savait que la mort rôdait autour de son lit.

Elle ne craignait pas la mort. Elle mourait honnêtement, dignement : il y avait, dans l'armoire, sous une pile de draps, assez d'argent pour payer les frais de son enterrement. Et puis, quand on a toute sa vie travaillé sans se plaindre, sans rechigner à l'ouvrage, quand on a sans cesse ployé l'échine sous le poids croissant des jours et des peines, la mort vous semble plus douce, plus familière. Et tel avait été son destin. Chaque matin, sauf le dimanche, elle avait quitté sa maison pour laver du linge. Toute sa vie, elle l'avait vécue, penchée sur l'eau tiède des étangs, l'été, sur l'eau froide des étangs, l'hiver. La mort, c'était le repos définitif, au terme du chemin besogneux de sa vie ; c'était la porte ouverte sur un indistinct paradis où il ne faudrait plus, au petit jour, partir vers l'étang, un lourd ballot de linge sur les épaules...

Elle crut entendre un bruit de pas et ouvrit les yeux : ce n'était que Moutig, le chat, qui grimpait sur une chaise. Elle le fixa longuement, puis son regard erra dans la pièce. Une pièce étroite, haute de plafond, à peine éclairée par une fenêtre à rideaux. Outre le lit et l'armoire, une caisse, qui contenait du bois à feu, une autre pleine de patates, un buffet. Et, sur le rebord de la fenêtre, une photo jaunie...

⁂

Il était grand et large d'épaules et il avait les cheveux rouges, si bien que dès son jeune âge, on l'avait appelé : Tignasse. Il travaillait bien à l'école. Il fut reçu premier aux bourses, entra au collège. Et là encore, ses camarades l'appelèrent Tignasse. Mona allait le voir tous les jeudis faisant à pied les dix kilomètres du parcours et lui portant du beurre, des crêpes, quelques friandises...

Quand il fut bachelier, il partit à Paris où il prépara un concours. Après trois ans, il revint et dit à sa mère : « Je suis ingénieur. »

Elle ne savait pas très bien ce qu'était un ingénieur. Mais elle se rendit compte que son fils était devenu un personnage important. Il avait ajouté :

« Voilà plus de vingt ans que, pour moi, tu t'épuises. Maintenant, c'est fini. Je vais gagner gros... » Il resta quinze jours au pays ; pendant ce temps, personne ne l'appela Tignasse.

De nouveau, il avait gagné Paris. Longtemps, elle resta sans nouvelles ; puis le facteur apporta une lettre : le fils annonçait son mariage. Il faisait un beau mariage, puisqu'il épousait la fille d'un militaire de haut grade. Elle ne fut pas invitée au mariage. Son fils avait certainement pensé que la longueur du voyage la fatiguerait ; et il s'était dit aussi, sans doute, qu'elle se trouverait mal à son aise, elle, la petite laveuse en coiffe, dans un monde qu'elle ne connaissait pas.

Encore une interminable année de silence avec une solitude triste, des soirées sans fin, des heures d'angoisse, des moments de folle espérance... Elle reçut une seconde lettre. Au foyer de son fils était née une fille. Elle ne fut pas invitée au baptême, et elle pleura.

Elle continua de laver du linge, encore plus effacée que jadis, plus humble, plus silencieuse. Mille fois dans la journée, elle essayait de bâtir un visage, d'imaginer des cheveux, des yeux, une bouche. Mais de ses rêves, ne surgissait qu'une forme trouble, confuse, insaisissable. Et les heures chassaient les heures, aussi monotones, aussi semblables, aussi mélancoliques, que les gouttes de pluie qui clapotent sur un toit...

⁂

La porte s'ouvrit et Picou entra doucement portant un bol de bouillon qu'il posa sur la table de nuit.

Il jeta un coup d'œil furtif sur Mona et tourna rapidement la tête dans une autre direction.

— Et alors ? questionna-t-il.

— Toujours pareil.

— Tu as dormi ?

— Non.

— Tu as faim ?

Elle ne répondit pas et essaya en vain de desserrer les dents. La cuiller tremblait dans ses doigts décharnés, brusquement elle prit les mains de Picou dans les siennes et sa voix se fit suppliante :

— Picou.

— Oui.

— Je ne verrai pas la fin de la semaine.

Picou sursauta, puis fit un geste de protestation.

— Non, non, dit Mona, c'est jeudi aujourd'hui, je ne verrai pas la fin de la semaine.

Elle se tut quelques instants. Le chat la fixait avec, dans les yeux, une lueur d'étrange inquiétude. La pièce était silencieuse et sombre. Au-delà du jardin, le vent gémissait dans les arbres.

La poitrine de Mona se souleva douloureusement.

— Je voudrais qu'il vienne au moins pour l'enterrement...

Picou sursauta de nouveau. Pour se donner une contenance, il tourna la cuiller dans le bouillon fumant. Il y avait un Christ attaché au mur au-dessus de la table de nuit. La vapeur qui s'échappait du bol le happait au passage et il paraissait suer de tout son corps. Picou prit son mouchoir et se mit à l'essuyer, puis il caressa le chat...

Et soudain, Mona recommença de parler, plus vite.

— Tu vas lui écrire, Picou ; n'est-ce pas que tu vas lui écrire ?

Sa voix implorait, cassée, pitoyable.

— Ou plutôt non... un télégramme... Tu sauras envoyer un télégramme ?

— Oui.

— Un télégramme ça va plus vite !

D'un mouvement lent de la tête, elle désigna la cheminée.

— Tiens, là il y a deux lettres avec son adresse. Veux-tu bien me les lire ?

Picou s'approcha de la fenêtre et lut d'abord la première lettre, celle qui annonçait le mariage. Puis la seconde... Mona avait joint les mains et fermé les yeux. Quand Picou se tut, elle dit :

— Recommence.

Et Picou lut encore... Sur le visage jauni de Mona où les orbites creusaient deux gros trous bleuâtres, des larmes s'étaient mises à couler, laissant des sillons brillants. Elle répéta doucement, comme se parlant à elle-même.

— Je ne comprends pas... Je ne peux pas comprendre.

Puis elle ouvrit des yeux angoissés.

— Il viendra, n'est-ce pas ?

— Bien sûr, dit Picou qui s'était mis à trembler.

— Tu crois vraiment qu'il viendra ?

— Je suis sûr, dit Picou.

Il y eut un long silence. Le chat abandonna sa chaise ; sauta sur le lit, s'étendit sur l'édredon.

Picou qui avait hâte de partir, demanda :

— Que faut-il mettre sur le télégramme ?

— Mets, que je m'en vais.

Elle montra l'armoire du doigt ·

— Il y a de l'argent là, sous les draps.

— Ma mère paiera, dit Picou. Ce n'est pas la peine.

— Si, si... Il y a de l'argent. J'ai fait des économies...

Il aurait pu croire que je lui disais de venir pour payer l'enterrement.

Picou prit l'argent et marcha vers la porte. Elle le rappela et lui dit :

— Tu mettras sur le télégramme que je m'en vais et que je les attends tous les deux, lui et la petite...

Le télégramme partit le soir même.

⁂

Il était dix heures du matin. De lourds nuages couraient dans le ciel. Cachés dans les buissons qui bordaient la route, Picou et Nat attendaient le passage de l'enterrement.

Ils attendirent quelques minutes ; puis une voix rauque s'éleva dans la campagne silencieuse et mélancolique.

— Le recteur qui chante, souffla Nat.

Picou ne répondit pas. L'enterrement approchait. On distinguait maintenant les craquements du corbillard ; puis les pas du cheval, à leur tour, se firent entendre.

— Ils arrivent, souffla Picou en serrant le poignet de sa sœur.

Le cortège passa.

En tête, marchait Man Penhoat, qui, en qualité de plus proche voisine, portait la croix ; puis venaient le curé et son sacristain ; puis le corbillard, dans lequel le cercueil luisait. Et derrière le corbillard dont les roues craquaient sur les pierres du chemin, il y avait quelques femmes, quelques vieilles femmes, seulement quelques vieilles femmes.

— Il n'est pas venu, murmura Nat.

Picou ne répondit pas.

— Il n'est pas venu, répéta Nat.

L'enterrement s'éloignait. Le pas du cheval s'éteignit le premier, puis le craquement du corbillard, puis la voix rauque du curé. La campagne retrouva son silence. Nat et Picou, la main dans la main, ne bougeaient toujours pas. Ils regardaient la route fixement, ils continuaient de regarder la route, sans bouger, les yeux vagues. Et dans leur regard, il y avait une tristesse infinie. De temps en temps, poussée par le vent d'ouest, la plainte de la mer toute proche passait par-dessus les champs somnolents et rêveurs...

Et brusquement, tous les deux tressaillirent. Sur la route, seul, triste, craintif, loin derrière, le chat de Mona suivait le corbillard. Il avait cet air suppliant de ceux que vient de frapper une grande solitude. Et il avançait tout seul, sur le milieu de la route.

Nat tourna la tête vers son frère :

— Moutig, dit-elle.

Et après avoir écarté les branchages, elle siffla doucement.

— Pchutt ! pchutt !

Moutig s'arrêta, épia le buisson, puis reprit sa route.

Nat recommença de siffler :

— Pchutt ! pchutt !

Et Moutig s'arrêta de nouveau. Il demeura une patte en l'air, dressa les oreilles, et, examina Picou et Nat avec curiosité.

— Pchutt ! pchutt ! reprit Nat.

Moutig hésita, fit quelques pas en direction du talus. Nat et Picou souriaient. Moutig prit son élan et sauta.

Alors Picou le caressa, le souleva dans ses bras. Et il l'emporta à la maison.

PICOU ET LE VAGABOND

A trois cents mètres de chez Picou, au bord de la mer, habitait Kanam le vagabond. Il vivait seul dans un ancien blockhaus couvert de ronces et de fougères. Tout le monde l'appelait Kanam le Mut, Kanam le Muet.

C'était un étrange personnage. Arrivé là un beau jour, il y était resté. Nul ne savait d'où il venait. Au début les gens l'avaient interrogé. Mais Kanam ne répondait pas et peu à peu, on s'était accoutumé à sa présence.

Face au blockhaus de Kanam, il y avait la baie de Perros, avec Tomé, l'île brune et silencieuse et, plus loin, vers le Nord, la caravane sombre et immobile des Sept Iles. Tous les jours, Kanam s'en allait à la pêche. Puis, assis à la porte de son blockhaus, il regardait la mer, la mer de l'été qui riait, ou la mer de l'hiver qui grelottait doucement sous le ciel gris et froid. Le dimanche seulement, Kanam quittait la grève pour venir à l'église. Pendant toute la messe, penché humblement, il restait sous le clocher, près de la porte. Le curé n'en savait pas plus que les autres sur la vie de Kanam.

⁂

Picou était un peu l'ami de Kanam. Pendant les vacances, il allait le voir dans son blockhaus, et de temps en temps, l'accompagnait à la pêche. Pour Picou, Kanam consentait parfois à sortir de son silence. Mais tout ce qu'il disait était banal ; il parlait des vents, de la marée, de la pêche. Jamais un mot sur lui-même ou sur son passé. Et lorsque Picou le voyait assis près de l'entrée du blockhaus, face aux îles, il se demandait avec curiosité qui était Kanam et quels échos mystérieux éveillait en lui la plainte monotone de la mer. Il ne posait pas de questions, sachant bien que Kanam n'y aurait pas répondu. Car Picou n'était pas un véritable ami pour Kanam. A la sortie de la messe, il fuyait pour ne pas le rencontrer. Il aurait éprouvé une sorte de honte à lui parler devant les jeunes de son âge. Il est vrai que Kanam ne se rasait jamais, ne se coupait jamais les cheveux et qu'il était ridicule avec son vieux calot de soldat et sa veste de chasse aux boutons brillants...

⁂

Et pourtant, un jour, Picou n'y tint plus. C'était un après-midi de printemps clair et gai. L'air était doux et léger. La mer riait. Kanam et Picou, revenus de la pêche aux étrilles, s'étaient assis à la porte du blockhaus. Picou demanda :

— Kanam, je voudrais bien savoir qui tu es ?

Kanam ne répondit pas. Picou, maintenant qu'il avait fait le premier pas, trouva facile d'insister.

— Dis, Kanam, je voudrais bien que tu me racontes ton histoire...

Kanam ne dit rien ce jour-là. Ni le lendemain. Ni les jours qui suivirent. Mais au bout d'une semaine, comme s'il lui avait fallu réfléchir longuement avant de se livrer, il parla :

— Viens tout près, dit-il à Picou.

Picou s'approcha. La mer riait toujours. Au loin les sept îles s'entouraient d'écume. Les vagues, en silence, venaient mourir sur les galets, tout près du blockhaus.

« Il était une fois un homme comme les autres, commença Kanam, un homme comme les autres qui vivait comme les autres. Et voilà qu'un matin, un oiseau vint frapper à sa fenêtre et lui fit signe de partir.

« Et l'homme partit sur la route poudreuse. Et il traversa des plaines et des plaines. Et après des jours et des jours de marche solitaire, il atteignit un village heureux et paisible. L'homme s'y plut et décida d'y rester, le plus longtemps possible. Mais voilà qu'un matin l'oiseau vint de nouveau frapper à la fenêtre. L'homme dit :

« — J'étais pourtant bien ici !

« Il fallut partir. Et l'homme traversa des forêts et des forêts. Et après des jours et des jours d'une marche solitaire, il atteignit une clairière abritée au creux d'une vallée. Et il y trouva sa maison. Et dans sa maison, il se trouva bien. Mais voilà qu'un matin, l'oiseau vint de nouveau frapper à la fenêtre. Et l'homme dit :

« — Je veux rester ! La fatigue commence à me faire mal !

« Il fallut partir. Et l'homme traversa des mers et des mers sous un ciel noir de nuages. Et après des jours et des jours de voyage solitaire, il arriva dans un port blanc de soleil et plein de richesses. Et il jeta l'ancre face à sa maison. Et il décida de se reposer. Mais voilà qu'un matin l'oiseau vint encore frapper à la fenêtre. Et l'homme dit :

« — Mes mains sont en sang. Et je vieillis !...

« Il fallut partir. Et l'homme traversa des déserts et des déserts. Et après des jours et des jours d'une marche solitaire, il atteignit une oasis. Et l'homme pensa : « C'est ici que je dois m'arrêter ! » Et il but avidement. Et il fit installer une litière dans sa maison. Mais un matin, l'oiseau vint de nouveau frapper à la fenêtre. Et l'homme dit :

« — J'ai peine à me lever ! Mes pieds sont en sang. J'étais si bien ici.

« Il fallut partir. Et l'homme escalada des montagnes et des montagnes. Et si grande était sa fatigue qu'en traversant les villages, il enviait le destin des morts enfouis dans les cimetières. Et après des jours et des jours d'une marche solitaire, il franchit les montagnes et descendit dans une vallée où il y avait de l'eau claire et pure, et de la fraîcheur. Et l'homme pensa : « Je n'en peux plus. Tout mon corps est meurtri. C'est certainement ici que je dois m'arrêter... »

« Et l'oiseau était là qui fit un signe de la tête. Et l'homme comprit qu'il devait s'arrêter. Il se coucha sur le sol. Et, pour toujours enfin, il se reposa... »

⁂

L'histoire de Kanam avait paru à Picou aussi étrange que Kanam lui-même. Il en parla à Floch comme on parle d'une vieille légende. Puis, il l'oublia...

Or, deux mois plus tard, un jeudi, à la fin de juin le concierge vint prévenir Picou qu'on l'attendait au parloir. Picou quitta la cour de récréation. Le parloir était plein de parents. Et tout de suite, seul dans l'encoignure d'une porte, Picou reconnut Kanam, plus ridicule que jamais. Il avait sur la tête un képi de facteur. Il portait une tunique de soldat kaki et un ceinturon. Tout le monde regardait Kanam et souriait.

Picou s'arrêta net. Après avoir hésité quelques secondes, il fit demi-tour. Il allait s'enfuir lorsque

Kanam le vit. Leurs deux regards se croisèrent. Picou baissa la tête et partit. Il partit malgré la prière qu'il avait lue dans les yeux de Kanam...

***

Les grandes vacances commencèrent quelques jours plus tard. Et dès qu'il fut à la maison, Picou courut vers le blockhaus. Le remords lui rongeait l'âme. Il avait hâte de voir Kanam; de lui demander pardon, de le regarder. Il courut par le chemin argileux qui menait à la grève. Kanam n'était pas assis à la porte de son blockhaus. Et pourtant c'était là sa place puisque la mer, pleine jusqu'au rivage, interdisait la pêche. Picou entra dans le blockhaus. Il était vide. Pris de peur, il appela. Pas de réponse. Le blockhaus était vide et silencieux. Dans le coin où Kanam faisait cuire ses poissons, il n'y avait plus de cendres.

Alors Picou s'installa à la porte du blockhaus et se mit à pleurer. Un brouillard lourd, opaque, venu du Nord, stagnait sur la mer comme une épaisse fumée. Tomé, tout proche, semblait plongé dans une somnolence inquiète, et les sept îles au loin, se perdaient dans la grisaille. Il n'y avait pas un souffle de vent, pas un bruit. Et Picou pleura à cause de son infidélité. Et aussi parce qu'il sentait bien, tout d'un coup, qu'une grande partie de lui-même était en route avec Kanam le Mut sur les chemins de l'éternité.

L'ASSEMBLEE NATIONALE

Tout d'abord, le frère de Pa Penhoat fut le seul à écouter. Mais comme Pa s'exprimait à voix haute et vigoureuse, bientôt toute la table prêta l'oreille. Toute la table, c'est-à-dire quatre députés, et Picou. Il était une heure trente et la salle à manger de l'Assemblée nationale ressemblait à n'importe quel réfectoire de n'importe quel collège ou caserne, avec tout le tintamarre de vaisselles, de conversations, d'appels, de rires en cascade qui accompagnent les repas en commun :

— J'ai un ami, dit Pa Penhoat. J'ai vingt amis. Par centaines, des amis, j'en possède. Vous qui êtes près de moi, voilà deux heures, je ne vous connaissais pas. Maintenant, vous êtes des amis, est ce vrai ?

— Vrai, firent les députés en riant.

— Mais, à la vérité, j'ai un ami tout à fait particulier.

— Moi, dit Picou.

— Erreur. Toi, tu es mon fils, c'est-à-dire dix amis ensemble... Mon ami particulier, tenez-vous bien, c'est un merle. Oui, un merle, à nul autre pareil. Il me connaît. Je le connais. Lorsque vient le printemps, il chante sur le pommier, face à la ferme. Le ciel est à la pluie ? Il se cache dans le feuillage, et chante. Le temps est au beau ? Alors, perché sur la plus haute branche, il siffle à tue-tête. Il m'appelle ! Je me glisse hors de la maison et je lui réponds. Il appelle encore et je siffle à nouveau. Et c'est ainsi tous les soirs du printemps et de l'été. C'est beaucoup, dans la vie des hommes, le chant d'un oiseau ! Si un jour vous passez par la Bretagne, venez donc goûter mon cidre bouché. Et je vous ferai entendre mon merle.

Les députés promirent leur visite et Pa continua de dévider ses histoires, heureux d'avoir un auditoire aussi huppé : trois députés, qu'il n'avait jamais vus. Plus un autre qu'il connaissait bien : son frère en personne. Quelques mois plus tôt en effet, André Penhoat, — quarante deux ans, agriculteur, parrain de Picou — avait été élu député et, si fort s'était démené Picou durant la campagne électorale, distribuant les tracts, portant les journaux à domicile, collant les affiches, sifflant aux réunions de l'adversaire et applaudissant à celles de son parrain, que celui-ci avait promis :

— Si je gagne, je paye le voyage de Paris à mon filleul.

— Et à son frère, avait protesté Pa Penhoat.

— D'accord aussi pour le père.

D'où l'irruption à la gare Montparnasse et l'arrivée au métro des Invalides :

— L'Assemblée nationale ? avait demandé Pa Penhoat à un passant.

— C'est pour voir mon parrain qui est député, avait expliqué Picou.

— C'est peut-être son parrain, mais c'est aussi mon frère, avait rectifié Pa Penhoat. Et à vrai dire, mon cher monsieur, député, c'est moi qui aurait du l'être. Tous mes amis me sollicitaient : « Décide-toi ! Pose ta candidature ! Tu n'as pas ton pareil en réunion publique ! » Mais moi, je suis un homme modeste, d'un naturel paisible et casanier. J'ai dit non et j'ai donné le siège à mon frère. Pour mon fils, je verrai plus tard, car ce garçon que vous voyez devant vous...

— Tout droit. Deuxième portail à gauche, avait dit le parisien un peu éberlué.

Et nos deux voyageurs s'étaient retrouvés devant le portail de l'Assemblée nationale.

***

On a beau siffler comme les merles, être doués d'assurance et de faconde, avoir remporté des dizaines de concours de boules, être champions sur les terrains de football, on a beau être connus à dix lieues à la ronde par de multiples exploits, on a beau, en bref, s'appeler Penhoat père et fils, d'entrer à l'Assemblée nationale, voilà qui vous met tout de même le cœur un peu au ralenti.

— Nous entrons dans le temple de la démocratie, murmura Pa Penhoat.

Et s'adressant à son fils :

— Sois digne. Regarde. Ecoute. Retiens !

Et s'adressant à lui-même :

— Avançons ! décida-t-il.

— Hep, ou allez-vous ?

— Voir mon frère, monsieur l'agent. Il est député.

— C'est mon parrain, dit Picou, la voix tremblante.

— Remplissez une fiche. Je l'appelle.

La fiche remplie, Picou et son père s'assirent dans une salle d'attente, tandis que sous le portail d'entrée glissaient des voitures noires, solennelles, nickelées, chargées sans aucun doute de personnages illustres. Survint le député André Penhoat — petit comme son frère, mais plus sec — et qui, après les effusions d'usage, entraîna sa parenté dans la visite de la Chambre... Grandes salles aux plafonds peints ou sculptés... couloirs... Grandes salles à nouveau... Hémicycle... salons par-ci... salons par-là... Partout, des députés qui dépouillaient leur courrier, préparaient une intervention ou devisaient d'un air grave de problèmes certainement d'importance nationale ou internationale.

— Monsieur le ministre, je vous présente mon frère et mon filleul.

Le ministre salua avec une courtoisie souriante et la visite reprit. Picou était encore plus ému que lors de sa première entrée au collège. Quant à Pa Penhoat, il se sentait comme investi d'une nouvelle et exaltante dignité : mais cette dignité exaltante et nouvelle ne l'empêchait pas d'être au moins aussi ému que Picou. Il feignait l'aisance et la désinvolture, regardant de-ci, regardant de-là, saluant de droite et saluant de gauche, mais, au fond, une froide angoisse l'étreignait...

Après le traditionnel passage à la buvette, ce fut l'heure du repas. Et, très vite, Pa redevint lui-même. Une heureuse disposition de la nature lui avait toujours permis de faire face aux situations difficiles. De surcroît, le décor de la salle à manger ne présentait aucun apparat et les députés qui étaient assis à la même table lui parurent simples et amicaux. Retrouvant les élans de sa spontanéité, il conta donc l'histoire du merle, d'autres histoires encore. Et, retrouvant aussi le penchant des électeurs qui rencontrent les responsables des affaires publiques, il orienta la conversation vers des domaines plus austères : il se mit à parler politique.

— Vous les députés, un risque vous menace : c'est de tourner très haut dans votre ciel, loin des joies et des soucis des hommes, et il vous est salutaire que, de temps en temps, un simple citoyen vous parle à cœur ouvert. Plus on monte dans la vie, plus il faut se faire petit. Où le destin vous a placés, vous n'êtes pas là pour être servis mais pour servir.

Ce préambule solennel produisit son effet et les

députés opinèrent avec considération. Comme toujours, lorsque l'occasion lui en était offerte, Pa Penhoat était ravi d'avoir un public, mais cette fois, cependant que Picou écoutait en silence, il parlait posément, avec sérieux, désireux de laisser une forte impression à ses auditeurs, heureux aussi de montrer à Picou qu'il n'était nullement déplacé en si bonne compagnie. Et c'est ainsi qu'il aborda le problème de l'autorité. Et Pa Penhoat, en vérité, eût été bien avisé de ne pas aborder ce problème de l'autorité :

Comme il avait l'art et le goût des formules, il plongea tout de suite dans la mer :

— Démocratie, oui. Anarchie, non ! Légalité, d'accord, mais également énergie et fermeté.

— C'est notre avis, dirent les députés.

— Non pas une énergie passagère, épisodique, car cette énergie est pire que la faiblesse. Mais une énergie ferme et tenace. Je ne suis pas du tout pour les mitrailleuses ou l'artillerie lourde. Cependant réflexion et expérience m'ont appris que partout il faut quelqu'un qui commande. Et que ce quelqu'un soit obéi. Tu entends Picou ?

— J'entends, dit Picou.

— On est comme on est, expliqua Pa Penhoat. Un homme, ça ne se change pas. Moi, je suis né avec le sens du commandement. Mon fils, du reste, sait à quoi s'en tenir.

Il fusilla Picou du coin de l'œil puis promena sur l'auditoire un regard impérial. Les députés, à leur tour, dévisagèrent Picou, et, visiblement, ils plaignaient le pauvre garçon d'être sous la tutelle d'un père aussi tyrannique. Voilà une maison où régnait l'ordre et où l'on filait doux !... Seul, le frère de Pa Penhoat ne regardait pas Picou, car il savait, lui, à quoi s'en tenir. Une dame passa, proposant des cigarettes.

— S'il vous plaît. Des cigarettes !

Pa fit la distribution avec largesse, puis, allumant son cigare, il fuma solennellement, le nez au ciel et poussant vers le plafond d'épais nuages bleutés.

— Tenez, fit-il avec détachement, confiez-moi une charge quelconque. Mettez-moi par exemple, à l'Elysée. Je vous assure que les légumes pousseraient droit dans les jardins de France ! Peu de mots ; mais de l'efficacité. C'est ainsi que je procède à la maison : un chef, un seul. Et ce n'est même pas la peine de le nommer... Picou qu'y a-t-il sur la porte de la cuisine, à l'intérieur ?

— Une feuille blanche.

— Et sur cette feuille blanche ?

— La Constitution, dit Picou.

— Parfait ! C'est messieurs, ma récente trouvaille. J'ai tenu à matérialiser mon autorité et ma constitution est, à chaque instant, placée sous les yeux de la famille. Et voici ce que dit cette constitution : « Préambule : partout il faut un maître. Article un et unique : ici, c'est le père qui commande. Et seul ! »

Il se tut, tira trois bouffées de son cigare. Mais, brusquement, Picou éclata de rire :

— Pourquoi ce rire ? interrogea Pa Penhoat avec sévérité.

— Pour rien, dit Picou.

— Pourquoi ce rire ? J'exige de savoir ?

— La Constitution est changée, dit Picou.

— Ce qui signifie ?

— J'ai pris mon stylo, dit Picou, et j'ai remplacé « le père » par « la mère ». Bien sûr, de l'énergie, tu en as. Et de l'autorité, plus encore. Mais tu le sais bien, à la maison, c'est maman qui commande. Elle parle très peu. Elle ne donne jamais d'ordres. Ou presque jamais. Et pourtant, c'est elle qui commande.

Il y eut un silence gêné, puis les députés s'esclaffèrent. Ils regardèrent Picou. Ils regardèrent Pa Penhoat. Puis s'esclaffèrent à nouveau :

— Ma foi, je crois bien que mon filleul a raison, dit André Penhoat riant à son tour.

Pa Penhoat était devenu écarlate et, par-dessous la table, il décocha à son fils un violent coup de soulier. Ce n'était pas la première fois que Pa décochait à son fils des coups de pied de ce genre ; mais, habituellement, il les donnait souples, feutrés, presque symboliques. Cette fois, le coup de pied fit si mal que Picou se mordit les dents pour ne pas crier.

— Tu me le paieras, gronda Pa Penhoat.

Il était prodigieusement vexé. Le personnage qu'il s'était fabriqué, entouré d'attention et de respect venait de se dégonfler en une seconde comme le beau ballon rouge des kermesses. Les députés riaient encore, par saccades et, pour sauver la face, Pa prit sur lui de rire à son tour. Mais le rire d'un homme ridicule le rend plus ridicule encore. La fin du repas fut morose. Un député parla d'un voyage qu'il venait de faire aux Etats-Unis. Pa éteignit son cigare et se tut. La colère grondait en lui comme le feu d'une forge. Tout à l'heure, il aurait sa revanche !

***

Une rue... Deux rues... Trois rues... nombreux et affairés, les passants encombraient les trottoirs. Picou et son père se frayaient un chemin avec peine, Pa en tête, Picou traînant la jambe. Ils rejoignaient Montparnasse.

— Tu l'as fait exprès, bien entendu, fit Pa explosant soudain. Je sentais autour de moi du prestige et de l'honneur. Je suis sûr que ces députés auraient parlé de moi dans leur circonscription. Et par un rire stupide, par une réflexion saugrenue...

— Je n'avais pas de mauvaise intention, protesta

Picou. Je ne pensais pas à mal. Et puis, tu le sais bien, c'est maman qui commande !

— Qui commandait, lança Pa Penhoat. J'ai toujours été trop faible. Mais, désormais, je te prends en main... Pour commencer, tu te débrouilleras pour rejoindre Montparnasse. Je ne veux plus te voir ! Et pour le billet du retour, tu n'auras qu'à faire la quête dans le métro !

Il accéléra, dents serrées, sourcils bas, visage fermé, tandis que Picou traînait la jambe de plus en plus. Il savait bien que Picou se tirerait fort bien d'affaire. Or, Picou ne se tira pas du tout d'affaire.

Pa gagna Montparnasse, flâna à la terrasse des cafés puis rejoignit son hôtel.

— Mon fils est là ?

— Non, je ne l'ai pas vu. Hélène, tu as vu le fils de Monsieur ?

— Non. Il n'est pas dans la maison.

— Je vais m'asseoir dans le salon et attendre, dit Pa qui affectait un ton décontracté.

Un quart d'heure passa... Une demi-heure... Pas de Picou. Une heure, toujours pas de Picou.

— Je commence à m'inquiéter, dit Pa.

— Rassurez-vous, dit le patron. Il va arriver.

— Il arrivera certainement, dit la patronne.

Une heure et demie... Toujours pas de Picou. Lentement l'angoisse cernait le cœur de Pa Penhoat, cependant que le patron s'employait à dissiper ses craintes.

— Il arrivera, ça ne fait aucun doute. Mais remarquez que cette ville est pleine de dangers. L'autre jour encore, un jeune garçon a disparu du côté de Clichy, et trois jours plus tard, on a retrouvé son corps dans les terrains vagues. Un peu partout, il y a des gangs. Moi, à votre place, j'irais au commissariat. C'est tout près d'ici, à trois cents mètres.

Une demi-heure encore et toujours pas de Picou.

Affolé, Pa Penhoat courut au commissariat, ou quatre agents jouaient aux cartes.

— Vous n'avez pas vu Picou ?

— Picou ?

— Mon fils Picou. Vous ne l'avez pas vu ?

— Belote et re-belote, fit l'un des agents.

— Et c'est tout ce que ça vous fait, hurla Pa Penhoat. Belote - Re-belote. Mon fils est perdu et vous jouez aux cartes. Vous feriez bien mieux de décapiter les gangs ! Car je les connais, moi, les histoires de Clichy et d'ailleurs. Quant à votre avancement, je m'en charge. J'ai déjeuné ce midi à l'Assemblée nationale avec plusieurs ministres et je vais leur faire un rapport.

— Remplissez une fiche, dit l'un des agents. Et laissez-nous votre adresse.

Pa Penhoat sortit, furieux et se retrouva au-dehors dans la nuit maintenant tombée. Quelle idée aussi d'avoir un frère député. Quelle idée de quitter un village aussi fraternel que le sien pour se jeter dans ce gouffre de Paris ! Jamais plus en tout cas, il ne mettrait les pieds à l'Assemblée nationale. Il se sentait las et infiniment triste, car sans Picou, la vie ne valait vraiment pas la peine d'être vécue. Bien sûr, chaque jour qui passait amenait son cortège de querelles et de disputes mais tout cela n'était que vagues légères sur un océan profond et serein. Il marchait à grands pas dans le quartier, ses yeux errant de gauche à droite... Soudain, il y eut un cri.

— Papa !

Pa Penhoat sentit ses jambes se dérober :

— Je me suis perdu, expliqua Picou. J'ai pris un métro, puis un autre. Je me suis trouvé à Clichy. J'ai pris encore un métro, puis un autre...

Pa prit son fils par l'épaule et le serra très fort. Jamais encore, il n'avait autant serré son fils contre lui. Qu'étaient donc l'estime et la considération, à côté d'un fils que l'on serre contre soi...

***

Le train filait vers la Bretagne. Seuls dans leur compartiment, Picou et son père contemplaient les champs verts et paisibles.

— Au fond, dit Pa Penhoat, j'ai eu tort hier de me fâcher.

— Moi aussi j'ai eu tort, dit Picou. J'aurais dû me taire. Mais, crois-moi, je ne voulais pas te blesser.

— Je sais, dit Pa Penhoat.

Il sourit. Picou sourit.

— Se forcer pour conquérir l'estime est une chose risible, comme ça, en passant. Ça ne t'intéresserait pas, plus tard, la politique ? Il lui faudra bien un successeur à ton parrain... Notre nom est connu. Nous avons des régiments d'amis... Sur notre famille, retomberait beaucoup d'honneur. Moi, bien sûr, je suis au-dessus de tout cela. Mais c'est ta mère qui serait fière !

Et il se prit à rêver au jour où, Picou député, il visiterait à nouveau, mais cette fois près de son fils, l'Assemblée nationale.

TABLE DES MATIÈRES

ACHEVÉ D'IMPRIMER
SUR LES PRESSES DE L'IMPRIMERIE

Keltia Graphic
29540 Spézet

pour le compte des éditions

COOP BREIZH

LE 15 JUILLET 2003

—

DÉPÔT LÉGAL : 3e TRIMESTRE 2003